D. Andrea Majoral

Capitulum Generale Totius Ordinis Fratrum Minorum

D. Andrea Majoral

Capitulum Generale Totius Ordinis Fratrum Minorum

ISBN/EAN: 9783742821027

Manufactured in Europe, USA, Canada, Australia, Japa

Cover: Foto ©Andreas Hilbeck / pixelio.de

Manufactured and distributed by brebook publishing software
(www.brebook.com)

D. Andrea Majoral

Capitulum Generale Totius Ordinis Fratrum Minorum

CAPITULUM GENERALE

TOTIUS ORDINIS

FRATRUM MINORUM

IN CONVENTU S. P. N. FRANCISCI CIVITATIS VALENTIÆ
IN HISPANIA TARRACONENSI

Præside Illmo , ac Rmo Domino

D. ANDRÆA MAJORAL

ARCHIEPISCOPO VALENTINO,

CELEBRATUM

ANNO MDCCLXVIII. DIE XXI. MAIJ IN SACRO
PENTECOSTES FESTI PERVIGILIO.

 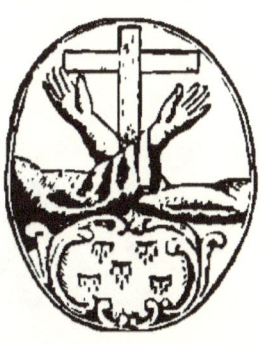

MATRITI MDCCLXVIII.

Ex Typographia Joachimi de Ibarra.

SUPERIORUM PERMISSU.

Fr. PETRUS JOANNETIUS
DE MOLINA,

Sacræ Theologiæ antiquus Lector , Catholicæ
Majestatis in Regali Matritensi Congressu pro
Immaculata Virginis Conceptione Theologus , &
totius Ordinis Fratrum Minorum iterato Minis-
ter Generalis , Commissarius , Visitator
Apostolicus , & humilis in Domino
Servus.

UNIVERSIS IN CHRISTO JESU
Dilectissimis Patribus , Fratribusque , ac Monialibus,
Superioribus , atque Subditis , quamlibet Beatissimi
Patris Nostri Francisci Regulam cùm in hac Cismon-
tana , tum in Ultramontana Familia profitentibus , nos-
traque sub Obedientia Domino famulantibus , sa-
-lutem in Eo , qui solus est vera Salus , ple-
namque in Spiritu Sancto consolatio-
nem , & pacem.

I. **E**X quo contigit, Inscrutabili Divinæ illius Pro-
videntiæ arcano, cujus est pro suo nutu (a) *infirma Mun-*
di , & ignobilia , & ea , quæ non sunt, eligere, humilem

A 2   ser-

———————————————————————————

, (a) 1. ad Cor. 1. 28.

4

servitutem nostram ad Supremam Totius Seraphici Ordinis Præfecturam , Nobis id immerentibus , secundò evehi , quintus nunc labitur annus , qui , dum suscepti abdicandi Regiminis tempus adventare jam propiùs , ter fausto Nobis omine pollicetur ; admonet unà simul , ut, quod ex laudabili Majorum nostrorum Instituto fuit hactenus In more positum , quodque Apostolicæ , nostrique Ordinis Leges bene , sapienterque disponunt , ubi expirante Generalis Ministri Gubernio , indici mandant , ac peragi Generalem Electorum Conventum , in quo ad Regulæ nostræ præscriptum (a) *Electio Successoris fiat* ; id ipsum & Nos quàm sedulò , ac religiosè exequamur , & Vobis annuntiare pro muneris nostri debito non differamus. Cùm itaque à postremo nostro Generali Capitulo , Æræ vulgaris anno MDCCLXII. Mantuæ celebrato , Sexennium per generalia Statuta Ordinis Auctoritate Apostolica confirmata , & In primis per satis celebrem Leonis X. Bullam , *Unionis* dictam (b) universæ Franciscanæ Reipublicæ Administrationi præfixum , in Pervigilio Pentecostes insequentis anni supra millesimum septingentesimi sexagesimi octavi in diem vigesimam primam mensis Maii incidente expletum iri contingat : ea propter præfatis cùm Pontificiis , tum Ordinis nostri Constitutionibus inhærentes , Generalia ejusdemmet Ordinis Comitia die, mense , atque anno mox designatis in nostro Conventu S. P. N. Francisci Civitatis Valentiæ in Hispania Tarraconensi , Patre Luminum adspirante agenda vobis omnibus præsentium Litterarum vi , ac tenore significamus , indicimus , & publicamus.

II. Dum id autem exequimur , antequam eos quibus jus est in hujusmodi Generalibus Comitiis suffragium ferre , singillatim vocemus , quid in jam memorato Mantuano Capitulo eam In rem providè statutum sit , quàmquam aliàs , cùm ejusdemmet Acta Typis impressa , publicique ju-

---

(a) Reg. S.P.N. Francis.cap.8. (b) Const. Leon.X. incip. *Ite & vos.*

juris facta singulis utriusque Familiæ Provinciis communicari curavimus, id quoque inter cætera ad omnium notitiam pervenire fecerimus; nunc tamen specialius, expressiúsque vobis denuntiare, quidve fuerit exinde gestum, nè valeat quisquam ignorantiam ullam prætexere, pariformiter aperire, Officii nostri partes esse intelligimus.

III. Porrò in dicto Mantuano Capitulo, ut probè nostis, in unum omnes congregati Definitorii Generalis utriusque Familiæ Patres perquam maturè inter se se deliberantes, quonam tandem aptiori medio gravissima præjudicia, quæ ex nimio Vocalium, eorumque Sociorum ad Generalia Comitia Ordinis concurrentium numero emergebant, sin minùs penitùs amoveri, quoad fieri saltèm liceret, imminui possent, unanimi consensione, ac voto edidere Decretum (a), quod est tenoris sequentis = „ Ad evitandas
„ gravissimas expensas, aliaque incommoda, quæ ex mul-
„ tiplicitate Vocalium, eorumque Sociorum ad Capitula
„ Generalia nostri Ordinis confluentium hactenus experti
„ sumus, & in dies experimur, decernit Definitorium Ge-
„ nerale, supplicandum esse Sanctissimo per Reverendis-
„ simum Patrem Ministrum Generalem pro eorundem Vo-
„ calium diminutione; ita quòd præter Patres Reveren-
„ dissimi Definitorii, & Custodes Regiminis Custodiarum
„ ex unaquaque Provincia in posterum unus tantùm Voca-
„ lis ad Generale Capitulum accedat, Minister nempe Pro-
„ vincialis, si possit; & illo se se excusante, vel legitimè
„ impedito, Custos, qui tantummodo secum Tertiarium
„ deferat: Discreti autem Generales unum Socium vel
„ Sacerdotem, vel Laicum cum Tertiario. Atque hoc De-
„ cretum Idem Definitorium Generale mandat, Capitula-
„ ribus Actis esse inserendum. Dat. Mantuæ in Capitulo
„ Generali die VI. Junii MDCCLXII. = Sequuntur Sub-
„ scriptiones.= Ita est Fr. Petrus Joannetius de Molina, Mi-
„ nis-

(a) Acta Capit. Mantuan. Sess. XVI. Vespert. die 6. Jun.

,, nister Generalis Totíus Ordinis.= Ita est Fr. Clemens
,, de Panormo , Minister Generalis immediatus. = Ita est
,, Fr. Paschalis à Varisio, Commissarius Generalis.= Ita est
,, Fr. Antonius Joannes de Molina, Ex-Commissarius Gene.
,, ralis immediatus.= Ita est Fr. Joannes Antonius à S. Cru.
,, ce, Lector Jubilatus, & Discretus perpetuus. = Ita est
,, Fr. Joannes Alfaro Coronada, Procurator Generalis Or-
,, dinis. = Ita est Fr. Gregorius à Marsalla , Commissarius
,, Generalis Curiæ. = Ita est Fr. Carolus à Golleono , Pro-
,, curator Generalis Reformatorum.= Ita est Fr. Joannes
,, Lutre , Procurator Generalis Discalceatorum , & Recol-
,, lectorum.=Ita est Fr, Anacletus de Roma , Ex-Procura-
,, tor Generalis Ordinis. = Ita est Fr. Franciscus Daniel Cri-
,, court , Definitor Generalis. = Ita est Fr. Marinus Barbé,
,, Definitor Generalis.=Ita est Fr. Antonius de Alcoba , De-
,, finitor Generalis.=Ita est Fr. Joannes à S. Maria, &
,, Lema, Definitor Generalis.= Ita est Fr. Augustinus Four-
,, nier , Definitor Generalis. = Ita est Fr. Joannes Baptista
,, Cervera, Definitor Generalis. = Ita est Fr. Balthasar
,, Clotten, Definitor Generalis.= Ita est Fr, Martinus Fal-
,, lice, Definitor Generalis. = Ita est Fr. Antonius à Pla-
,, gis , Definitor Generalis. = Ita est Fr. Joseph Maria de
,, Vedano , Definitor Generalis. = Ita est Fr. Bernardinus à
,, Panormo , Definitor Generalis. = Ita es Fr. Syrus à S,
,, Georgio , Definitor Generalis.= Ita est Fr. Venustianus
,, Hiebel , Definitor Generalis. = Ita est Fr. Franciscus,
,, Przylzki, Definitor Generalis.= Ita est Fr. Thomas Hya-
,, cinthus ab Asculo, Definitor Generalis.=Ita est Fr. Bo-
,, naventura ab Arsano , Definitor Generalis. = Ita est Fr,
,, Dominicus Blasco à Tabernis, Definitor Generalis.=Ita
,, est Fr. Cherubinus à Roma , Definitor Generalis. = Ita
,, est Fr. Petrus Otero , Definitor Generalis.= *Sequitur tran-*
,, *sumpti authentici corroboratio , & substriptio.* = Concor-
,, dat cum Originali existenti in hoc Archivio Aracœlitano
,, Generali. Fr. Fortunatus de Roma, Lector Jubilatus , &
,, Archivii Custos ,, = *Loco* ✠ *Signi.*=
    IV. His in hunc modum peractis, ac Mantuanis Co-
mi-

mitiis jam absolutis, quamprimùm Nos ad Almam Romanam Urbem transivimus, Sanctissimo Domino Nostro D. CLEMENTI PP. XIII., quem Deus Opt. Max. In annos plurimos beet, nobisque servet incolumem, nostra, totiusque, ut præfertur, Definitorii Generalis vota exponere, utque pro sua in nos, & in universum Ordinem nostrum Clementia suprascripto Decreto, quò stabiliùs permaneat, & observetur exactiùs, inviolabilis Apostolicæ firmitatis robur dignaretur adjicere, omnium pariter nomine humillimè supplicare non prætermisimus. At verò Sanctitas sua hujusmodi precibus non priùs annuendum censuit, quàm audito Emi. ac Rmi. D. Cardinalis recol. mem. Hieronymi Columna, universi Ordinis nostri Seraphici apud eandem Sanctitatem suam, & Apostolicam Sedem tum temporis Protectoris, atque Patroni, plurimùm semper, sed nuspiam satis commendandi, Voto, *omnes ipsius Ordinis Superiores*, ut ipsemet loquitur Summus Pontifex, *in Alma urbe prædicta degentes......confirmationi supradicti Decreti assentientes esse*, ex eodem comperiit. Quo demum cognito, mox Litteras suas Decretorias in forma Brevis, incipientes. = *Quæcumque* = datas *Romæ apud S. Mariam Majorem sub Annulo Piscatoris die V. Januarii MDCCLXIII. Pontificatus* verò sui *anno quinto*, per Emum. ac Rmum. D. Cardinalem Nicolaum Antonellum expediri, Nobisque extradi mandavit: Quibus Idem Pontifex Maximus tam generalibus quibuscumque Ordinis nostri Statutis, Confirmatione Apostolica, vel quavis firmitate alia roboratis, quàm quibuslibet Romanorum Pontificum Prædecessorum suorum, ac nominatim Gregorii IX. Nicolai III. atque etiam Leonis X. Constitutiónibus, quoad eam partem duntaxat, quæ *declarationem*, & *assignationem Vocalium*, *ad Capitula* jus. obtinentium, *ab iisdem factam* quomodolibet respicit, cum amplissimis irritationis clausulis, ac derogatoriarum, ut ajunt, derogatoriis, specialitèr, & expressè annullatis, cassatis, & revocatis (salvis nihilominus quoad reliqua omnia in iis contenta, semperque firmis, ac validis remanentibus) retroscriptum Mantuanum. *Decretum*, in dictis Lit-

ci-

8

teris per extensum , atque de verbo ad verbum *prænostratum* , ac *omnia* , & *singula in eo contenta* , & *expressa Auctoritate Apostolica* confirmavit, & approbavit : Atque Irritum , & Inane decernens quidquid secùs à quopiam super his in posterum contigerit attentari , illud deinceps ab iis , ad quos pertinet, inviolabiliter observari; sicque, & non aliter , in præmissis per quoscumque Judices, etiam Causarum Palatii Apostolici Auditores judicari, ac definiri debere , hujusmodi Sanctione sua in perpetuum valitura constituit , & declaravit.

V. Quæ cùm ità se habeant ; ut in futuro , jam à Nobis indicto Generali Capitulo , legitimè, ac rectè omnia procedant , in vim , sæpedicti Mantuani Decreti Auctoritate Apostolica , uti mox præmonuimus , approbati , & confirmati, ad præfatum Capitulum , atque ad Locum in id rei constitutum , ~~earundem præsentium esse~~ citamus , atque vocamus Reverendissimos Patres Clementem de Panormo , Ex-Ministrum Generalem Ordinis : Commissarium Generalem nostræ Ultramontanæ Familiæ : Antonium Joannem de Molina , Ex-Commissarium Generalem Cismontanæ hujus Familiæ : Paschalem de Varisio , Ex-Commissarium pariter Generalem Ultramontanæ : atque Commissarium Generalem Indiarum Occidentalium. Eodem quoque modo citamus , vocamusque admodum RR. PP. Procuratorem Generalem Ordinis: Commissarium Generalem Romanæ Curiæ : ac Procuratores Generales tam Reformatorum , quàm Discalceatorum , & Recollectorum : nec non Definitores Generales utriusque Familiæ : uti etiam RR. PP. cùm nostros Secretarios Generales Ordinis , tum omnes , ac singulos Provinciarum Primi , ac Tertii Ordinis Pœnitentium , *Ministros Provinciales , si possint , & illis se se excusantibus , vel legitimè impeditis* , earumdem Provinciarum *Custodes* ; ita tamen , ut *ex unaquaque Provincia unus tantùm Vocalis accedat* : Atque insuper *Custodes Regiminis Custodiarum* : itemque Guardianos Sacri Montis Sion , & Magni nostri Parisiensis Conventus : ac quotquot denique alios legitimo suffragandi

ju-

jure gaudentes ad Generale Capitulum accire tenemur.

VI. Ne autem Ipsorum quisquam legitimè non impeditus, hac juridica nostra citatione posthabita, adventare contemnat, prædictis omnibus, eorumque singulis per Sanctam Obedientiam, atque sub pœnis in Constitutionibus generalibus contentis injungimus, ut à propriis respectivè Provinciis opportuno tempore discedentes (nisi vera ; & justa causa, testimoniis fide dignis comprobanda, & à Generalis Definitorii Patribus recognoscenda excusentur,) ad Ipsum Generale Capitulum tempestivè conveniant; ita quòd pro ultimo peremptorio termino, statuta die 21. Maii supradicti anni 1768. summo mane personaliter omnes in designato Conventu omnino compareant, reque ipsa Electionibus ibidem faciendis Intersint.

VII. Unà tamen simul, ut omnis aditus cuilibet confusioni pro viribus præcludatur, districtè vetamus, nè quisquam Vocalium, à Nobis specialiter non exemptus, Civitatem Valentinam, ipsumve Capitularem Conventum ante Sabbatum Immediatè subsequens post Festivitatem Ascensionis Jesu-Christi Domini nostri ejusdemmet anni sub quovis prætextu Ingredi attentet. Solos excipimus Reverendissimi Definitorii Generalis Patres, quibus liberum facimus, ac assentimur, ut Integro octiduo ante prædictum Sabbatum Infra Octavam Ascensionis Dominicæ ad memoratum Capitularem Conventum possint accedere.

VIII. Ad hæc, ut Decretum suprà relatum in postremo nostro Generali Capitulo editum, Confirmationisque Apostolicæ patrocinio, uti præjactum est, communitum, integrum suum sortiatur effectum, sub pœna privationis suffragii, absque ulla Indulgentiæ spe subeunda, præcipimus, ut uniuscujusque Provinciæ Minister (vel respectivè Custos) ad Decreti ejusdem normam, atque præscriptum, *tantummodo secum Tertiarium deferat: Discreti autem Generales unum Socium vel Sacerdotem, vel Laicum cum Tertiario.*

IX. Omnes verò monemus in Domino, ac per Viscera Jesu-Christi rogamus, & obtestamur, ut tam euntes, quàm redeuntes ubique locorum (a) *in Sapientia ambulantes ad eos, qui foris sunt*, & eo utentes sermone, qui semper *in gratia, sale sit conditus*, neque uspiam loquentes nisi (b) *quæ decent sanam doctrinam*; verba autem (c) *propbana*, *& vaniloquia*, quæ *mult ùm proficiunt ad impietatem*, devitantes omninò, studiosissimè satagant (d) *ab omnia specie mala cavere* (e); *nemini dantes ullam offensionem, ut non vituperetur Ministerium nostrum*, & Minoriticum Institutum. Quin potiùs semetipsos (f) *in omnibus, sicut Dei Ministros,* Virosque Apostolicos, & Seraphicos, Vitæ Evangelicæ Professores, ac Magni Pauperum Patriarchæ Filios exhibeant, *in multa patientia, in necessitatibus, in laboribus, in vigiliis, in jejuniis, in castitate, in suavitate, in Spiritu Sancto, in charitate non ficta*. Uno verbo (g) *tanquam advena, & peregrini omnem conversationem habentes bonam in omni loco*, adeò, ut ipsorum (h) *modestia nota sit omnibus hominibus*, se Ipsos præbeant (I) *exemplum bonorum operum in doctrina, in integritate, in gravitate.....ut is, qui ex adverso est, vereatur, nibil habens malum dicere* de ipsis; ipsi autem ubique cum Apostolo Paulo verè dicere, ac ingeminare possint (k) *Christi bonus odor sumus Deo in iis, qui salvi fiunt, & in iis, qui pereunt*.

X. Et quoniam cautum est, ut in posterum Soli Ministri, non item Provinciarum Custodes, nisi cùm primi legitimè sunt impediti, ad ferendum in Comitiis Generalibus Votum concurrant; ideò ipsis committimus, ut ea omnia secum deferant Documenta, quæ juxta veterem, ac laudatissimum Ordinis morem, nostrarumque Constitutionum præscriptum præfati Custodes aliàs consueverant, ac tenebantur adferre. Præsertim verò Catalogum, in quo, præter Conventuum, Fratrum, Monialiumque viventium, atque etiam ab ultimo Generali Capitulo defunctorum, seu

res-

(a) Ad Coloss. 4. 5. (b) Ad Tit.2. 1. (c) 2. Ad Tim. 2. 16. (d) 1. Ad Thessal. 5. 22. (e) 2. Ad Cor. 6. 4. (f) Ibid. v. 4. & seqq. (g) 1. Petr. 1. 11. (h) Ad Philip. 4. 4. (i) Ad Tit. 2. 7. (k) 2. Ad Cor.2. 15.

respectivè defunctarum numerum, illarum quoque personarum Nomina, quæ sub Seraphici Parentis nostri vexil-
lo cum Sanctitatis fama, signisve, ac miraculis celebres
decesserunt; nec non eorum omnium, qui actu aut Terræ Sanctæ servitio inveniuntur addicti, aut infidelium con-
versioni operam navant, pariformiter nomina, & officia
clarè, distinctèque adnotata legantur: Rerum insuper no-
tabilium, quæ in singulis seu Provinciis, seu Custodiis à
proximè elapso Generali Capitulo contigerunt, authentica
Instrumenta: Itemque Indiculum Operum omnium, quæ
vel eo ex tempore fuere prælo subjecta, vel posthac typis evulganda parantur: Novas Itidem Provinciarum, aut
Custodiarum Erectiones, aut Divisiones, vel Fundationes
Conventuum: & si quæ sunt alia scitu, ac memoratu dig-
na, hæc omnia dicti Provinciales Ministri secum in forma
authentica, & ut fieri suevit, asportare omninò cu-
rabunt.

XI. Insuper omnibus Terræ Sanctæ Commissariis, cujuscumque Regni, aut Nationis existant, eorumque singulis harum virtute, atque sub pœna privationis Officii,
aliisque Definitorii Generalis arbitrio infligendis, mandamus, atque præcipimus, ut Eleemosynarum ad propriam
uniuscujusque Commissionem spectantium, Illarumque
Administrationis Ratiocinia, seu Computus adamussim
Statutorum Ordinis per legitimæ probationis Documenta
firmatos, roboratosque, nec non ad normam Formularii
ex Decreto postremæ Congregationis Generalis (a) ha-
bitæ mense Majo præteriti ann. MDCCLXV. in Sacro Montis Alvernæ Cœnobio, eam in rem instructi, approbati,
vulgatique jam typis, rectè dispositos per eosdemmet Provinciarum Ministros, aliosve Patres Vocales ad futura Generalia Comitia transmittant.

XII. Quemadmodum autem ad Constitutionum nostrarum præscriptum serio Inhibemus, nè absentibus Generalis Capituli causa Ministris quicquam penitùs in eo-

B 2   run-

_____

(a) Acta d. Congr. Gen. Sess. XII. Vespert.

rundem Provinciis usque ad ipsorum reditum innovetur, nullumque ipso facto, ac irritum declaramus, quicquid secùs fieri quavis de causa contingeret : Ita sub pœna apostasiæ gravissimæ, aliisque cùm à Legibus contra Inobedientes, & refractarios latis, tum à Nobis pro culpæ modo imponendis vetamus, nè præter Patres Vocales, superiùs jam recensitos cum suis respectivè Sociis, ullus prorsùs absque speciali nostra licentia sub quovis prætextu, aut quæsito colore ad præfatum Generale Capitulum se conferre, aut eum in finem è propriæ Provinciæ termino exire temerè audeat, vel præsumat. Quam itidem pœnam Vocales illos contrahere ipso facto volumus, ac declaramus, qui Nobis aut inconsultis, aut expressè non annuentibus, qualicumque seu curiositatis explendæ, seu expediendorum negotiorum causa à recto tramite, quo à propria uniuscujusque Provincia ad præfixum Capituli Locum regulariter Itur, notabiliter declinare non pertimescerent.

XIII. Postremò, quia probè intelligimus, firmiterque credimus, quòd (a) *omne datum optimum*, *& omne donum perfectum de sursum est, descendens à Patre Luminum*; neque aliunde felix rerum nostrarum eventus est. expectandus, præterquam ab Eo, qui (b) *omnia opera nostra speratus est nobis*; & in cujus manibus (c) positæ sunt hominum sortes (quoniam etsi ab hominibus (d) *mittuntur sortes in sinum*, ea tamen *à Domino temperantur*,) omnisque labor noster (e) vanus est prorsus, atque in nihilum recidunt vigiliæ nostræ, nisi Dominus ipse domum nobis ædificet, ac Civitatem custodiat : Idcirco, ut ea omnia, quæ in dicto Generali Capitulo sunt pertractanda, optimum finem sortiantur, operæ pretium est, ut acceptis hisce nostris Encyclicis Litteris, iisdemque in singulis Provinciarum omnium, Custodiarumque Conventibus, ut moris est, & ubique fieri expressè jubemus, solemniter per-

---

(a) Jac. 1. 17. (b) Isai. 26. 12. (c) Psalm. 30. 16. (d) Prov. 16. 33. (e) Psalm. 126. 1.

perlectis, promulgatisque piæ, ac fervidæ absque ulla in-
termissione, ad Deum preces fundantur. Quod, cùm ab
omnibus fieri, & vehementer cupiamus, & sollicitè com-
mendemus, hinc uberrimo Sanctæ Obedientiæ merito,
quod specialiùs in eum finem orantibus impertimur; ad-
dito quóque Præcepto universis mandamus, ut à Paschate
Resurrectionis Dominicæ anni prædicti 1768. usque ad
Sanctum Pentecostes diem quinta cujusque hebdomadæ
Feria, solemni Festo non impedita; celebretur cum cantu
Missa de Spiritu Sancto, deque eodem *Collecta*, ut dicitur, In Missis privatis à cunctis Sacerdotibus adjiciatur.
In Choro autem post Matutinum, Missam Conventualem,
ac Vesperas, Hymnus *Veni*, *Creator Spiritus*, cum Ver-
siculis, & Orationibus de eodem Spiritu Sancto, de Immaculata Deiparæ Conceptione, deque Beatissimo Patre
nostro Francisco, diebus singulis, recitetur: At à Festo
Ascensionis D. N. J. C. usque ad ipsum inclusivè diem
celebrationis Capituli per Ecclesias, & Claustra solem-
nes Processiones matutinis horis quotidie peragi, ac in
iis Litanias Sanctorum cum respectivis Precibus, & Orationibus cantari præcipimus. Adveniente demum Pentecostes Vigilia, Religiosi omnes, itidemque Moniales (quibus omnibus, ut eodem, ac binis aliis immediatè præcedentibus diebus per quemcumque approbatum nostri Ordinis Confessarium à quibuslibet Casibus, & Censuris Nobis reservatis absolvi queant, per præsentes Litteras In-
dulgemus) dolorosam peccatorum suorum Confessionem
emittent; sicque universi benè loti, ac mundi ad Altare
Domini accedent, Sacerdotes quidem ut Hostiam pu-
ram, Sanctam, immaculatam, ac Deo placentem Immo-
lent; reliqui verò, ut inter Missarum solemnia de Spiritu
Sancto, quæ Die illa summo manè celebrari, atque con-
sueta Processione concludi volumus, Sacrosanctum Corpus Dominicum devotissimè accipiant.

XIV. Hi porrò sunt, Fratres nostri in Domino dilectissimi, Christianæ pietatis actus, quibus diu, noctu-
que Vos esse oportet intentos, Deum ac Patrem Domini

Nos-

Nostri Jesu-Christi suppliciter obsecrantes, ut talem nobis provideant Successorem, qualem Paulus postulabat Episcopum (a): Virum scilicet *irrepræbensibilem*, *sobrium*, *prudentem*, *ornatum*, *puditum*, *doctorem*, *modestum*; *non litigiosum*, *non cupidum* (b), *non superbum*, *non iracundum*; sed *sinè crimine*, *sicut Dei dispensatorem*, *justum*, *sanctum*, *qui potens sit exbortari in doctrina sana*, *& eos*, *qui contradicunt*, *arguere* (c); valeatque *virtute irrumpere iniquitatem*; & egregiè (d) sectetur *justitiam*, *fidem*, *spem*, *charitatem*, *& pacem cum iis*, *qui invocant Dominum de corde puro* : Virum (e) *boni testimonii* *; plenum Spiritu Sancto*, *& Sapientia*; qui Sanctissimi Parentis Nostri Personam dignè in se repræsentans, & se ipsum curet (f) *probabilem exbibere Deo*, *Operarium inconfusibilem*, *rectè tractantem verbum veritatis* ; & (g) *Zelum Dei* ; purioremque Sacræ Regulæ nostræ, Disciplinæ Religiosæ, ac Legum omnium observantiam *zelando*, abusuum quidem, & corruptelarum omnium (h) zizania evellat, & destruat, vitiaque, ac peccata disperdat, & dissipet (i); *quæcumque autem sunt vera*, *quæcumque pudica*, *quæcumque justa*, *quæcumque sancta*, *quæcumque amabilia*, *quæcumque bonæ famæ*, *si qua virtus*, *si qua laus disciplinæ*, *hæc* verbo, & exemplo ædificet, atque plantet: Illum ipsum denique Virum nobis eligendum ostendat (k), quem ipsemet Dominus, qui corda novit omnium, elegerit, *accipere locum Ministerii hujus*, à quo Nos brevi abdicare non tam debemus, quàm cupimus.

XV. Inter hæc verò valdè Nobis est cordi, Vosque impensè adhortamur, ut sive in supradictis, sive in aliis precibus vestris tam publicis, quàm privatis pro perenni Sanctissimi Domini Nostri Clementis Papæ XIII. incolumitate, S. R. E. exaltatione, hæresum extirpatione, Christianorumque Principum prosperitate, & concordia, nec non

---

(a) 1. Ad Tim. 3. 2. (b) Ad Tit. 1. 8. & 9. (c) Eccli. 7. 6. (d) 2. Ad Tim. 2. 22. (e) Act. 6. 3 (f) 2. Ad Tim. 2. 15. (g) 1. Mach. 2. 54. (h) Jerem. 1. 10. (i) Ad Philip. 4. 8. (k) Act. 1. 25.

non pro Emo. ac Rmo. D. Cardinali Torrigiani, Totius
Ordinis nostri Vigilantissimo Protectore, iisque omnibus,
quibus Religio nostra universa Patrocinii, Munificentiæ,
aut cujusque Beneficii jure manet obstricta, ferventer ora-
re, atque à Bonorum omnium Largitore Supremo felicia
quæque iisdem precari nuspiam cessetis. Ac tandem Charitatem vestram plurimùm obsecramus, ut ad veniam cul-
parum omnium, quas sur Infirmitate, aut negligentia nostra in publica re gerenda contraximus, à Deo Misericordia-
rum Patre impetrandam orationibus vestris Nos adjuvetis.
Quanquàm enim (a) *Deo manifesti sumus* (speramus *autem, & in conscientiis vestris manifestos nos esse*), quòd
scienter (b) *neminem læsimus, neminem corrupimus, neminem circumvenimus*; quin imò solliciti semper (c), *ne
quem vestrum gravaremus*, nihil eorum Nos prætermisis-
se voluntate nostra confidimus, quæ majori Provinciarum,
Conventuum, Subditorum omnium, totius denique Ordinis tranquillitati, decori, ac profectui consentanea esse cog-
novimus; eoque ex tempore, quo gravissimo oneri hume-
ros supposuimus (d) *fuistis vos semper in cordibus nostris,
nec ullam requiem habuit caro nostra, sed omnem tribula-
tionem passi sumus, forìs pugnæ, intùs timores*, ut vestra
commoda curaremus (e): Non in hoc tamen justificati sumus. Enimverò (f) *delicta quis intelligit?* Quis novit oc-
culta pensare peccata? Quis ignorantias, & negligentias nostras dinumerare potest? Cùmque Nos minimè lateat, quòd
(g) *judicium durissimum his, qui præsunt, fiet*: proptèrea
in sincera, & humili erratorum nostrorum confessione
(h), faciem Domini præoccupantes, Vos etiam, atque etiam
rogamus, ut Eundem pro Nobis jugiter exoretis, nè Nos
(i) judicet *ex operibus, quæ fecimus nos; sed secundùm suam
misericordiam* indulgeat, *& salvos nos faciat per Jesum-Chris-
tum*

(a) 2. Ad Cor. 5. 11. (b) Ibid. 7. 2. (c) 1. Ad Thessal. 2. 9.
(d) 2. Ad Cor. 7. 3. & 5. (e) 1. Ad Cor. 4. 4. (f) Psal. 18. 13.
(g) Sap. 6. 6. (h) Psal. 94. 2. (i) Ad Tit. 3. 5.

tum Salvatorem nostrum; in quo & Nos unumquemque vestrum complectimur in visceribus charitatis, & Benedictionem Seraphicam omnibus elargimur.

Dat. ex hoc nostro Conventu S. Patris Nri. Francisci
Hispalis, die 26. mensis Octobris, anno 1766.

Fr. Petrus Joannetius de Molina,
Minister Generalis.

De mandato Rmi. in Christo Patris,

Fr. Antonius de Consuegra,
Secretarius Generalis Ordinis.

RE-

PATRES REVERENDISSIMI

Definitorii Generalis, & plerique Vocales Valentiam ingressi Civitatem, & in loco Capitulari constituti, tum ad negotia Ordinis expedienda, tum ad novas faciendas eleptiones processerunt, prout sequitur.

SESSIO I. VESPERTINA.

Die 12. Maii 1768.

BRevi, ac zelo plena allocutione facta, omnibus Definitorii Generalis utriusque Familiæ Patribus præsentibus, per Rmum. P. N. Ministrum Generalem ; Ipse Rmus. approbantibus omnibus supradictis Patribus deputavit me Fr. Joannem Baptistam Servera, Definitorem Generalem, In ejusdem Rmi. Definitorii Generalis Secretarium= Ita est Fr. Joannes Servera, Definitor Generalis.

Constito ex notorietate facti, de morte Adm. R. P. Joannis à Sancta Maria & Lema Provinciæ Legionensis 3. Ordinis Definitoris Generalis, declaratus fuit ab omnibus Definitorii Patribus Definitor Generalis substitutus loco Definitoris Generalis defuncti R. P. Minister 3. Ordinis Pronvinciæ Legionensis Fr. Josephus Rodriguez Sansian.

Item : lecta excusatione Adm. R. P. Francisci Danielis Gricourt, Definitoris Generalis Nationis Gallicæ Recollectorum, & per Patres probata, declaratus fuit substitutus R. P. Custos Provinciæ Sancti Antonii in Arthesia Fr. Arsenius Utris , ad formam Constitutionum Ordinis.

Constito pariter de legitima excusatione Adm. R. P.

Marini Barbé , Definitoris Generalis , ejusdem Nationis Galliæ Magnæ ProvinciæTuroniæ majoris, declaratus fuit loco ipsius , juxta Ordinis Statuta Adm. R. P. Ludovicus Bernart iteraró Minister Provincialis ejusdem Provinciæ, in Definitorem Generalem substitutum.

Cum nondùm pervenerint quatuor Patres Definitores Generales Familiæ Ultramontanæ , neque excusationes præsentatæ adhuc sint in Definitorio Generali, decretum est, ut expectentur tribus , aut quatuor diebus , ad decernendum quid sit faciendum juxta nostri Ordinis Statuta ; sed nihilominus procedatur ad ulteriora. Sicque deputati fuerunt Auditores causarum , & Examinatores Computuum Terræ Sanctæ ; & primò pro Familia Cismontana.

Pro Regularis Observantiæ Provinciis

Fuerunt assignati Auditores causarum
R. P. Minister Provinciæ Granatensis.= *R. P. Minister Provinciæ Sancti Michaelis in Extremadura.*

Pro Discalceatis.

R. P. Minister Provinciæ Divi Pauli.= *R. P. Minister Provinciæ Sancti Petri de Alcantara Granata.*

Pro Natione Gallica Observantium.

R. P. Minister Provinciæ Sancti Ludovici.

Pro Recollectis ejusdem Nationis.

R. P. Minister Immaculatæ Conceptionis Aquitaniæ.

Pro Natione Germano-Belgica.

R. P. Minister Provinciæ Argentinensis.

Pro

Pro Tertio Ordine.

R. P. Minister Provinciæ Lusitanæ Tertii Ordinis.=Iidem designantur Revisores Scripturarum , statuum Provinciarum , & Syndicationum , ad referendum Rmo. Definitorio Generali.

Ad examinandos Computus designantur
R. P. Minister Provincia Cathalauniæ.=R. P. Custos Provinciæ Bœticæ Observantium.= R. P. Minister Provinciæ S. Joannis Baptista Discalceatorum.

Pro Natione Gallica.
R. P. Minister Magnæ Provinciæ Franciæ.

Pro Natione Germano-Belgica.
R. P. Custos Provinciæ Coloniæ. = R. P. Custos Provinciæ Flandriæ. Iidem , qui supra, pro hac Natione, & Gallica etiam adsignantur ad examinandas Scripturas Provinciarum.

Auditores Causarum , & Scripturarum pro Ultramontana
Familia deputantur

Pro Observantia.
R. P. Minister Provinciæ Tusciæ.= R. P. Minister Provinciæ Principatus.

Pro Reformatis.
R. P. Minister Provinciæ Romanæ.=R. P. Minister Provinciæ S. Antonii.

Pro Natione Ultramarina.
R. P. Minister Provincia S. Hieronymi in Dalmatia.= R.P. Minister Provinciæ Bavariæ.

Ad examinandos Computus Terræ Sanctæ adsignantur
R. P. Minister Provinciæ S. Didaci Observantium.= R. P. Minister Provinciæ Septem Martyrum Observantium.= R. P. Minister Provinciæ S. Bernardini Reformatorum.

PRO NATIONE ULTRAMARINA.

R. P. Minister Provinciæ Majoris Poloniæ Observantium.
R. P. Custos Provinciæ Tirolensis Reformatorum.

SESSIO IL MATUTINA.

Die 13. ejusdem mensis.

PRobata In primis per Patres Definitorii Generalis excusatione proposita pro parte Adm. R. P. Bonaventuræ
ab Arsano, Definitoris Generalis, se se excusantis ab ac-
cessu ad hoc Generale Capitulum, declaratus fuit Definitor Generalis Substitutus loco ipsius; Adm. R. P. Eustachius à Neapoli Ex-Procurator Generalis Ordinis, & Minister Provinciæ Terræ Laboris Observantium.

Similiter probata etiam excusatione Adm. R. P. Francisci Przyłęcki Definitoris Generalis, Nationis Polonæ
Provinciæ Lithuaniæ Observantium declaratus fuit per Patres substitutus loco ipsius Adm. R. P. Minister ejusdem
Provinciæ Lithuaniæ Fr. Juvenalis Charkiziviez.

Proposito, per Reverendissimum P. Ministrum Generalem, facto Provinciæ Observantis Russiæ, quæ non misit ad Capitulum Generale Ministrum, neque isto impedito Custodem, sed elegit, & misit Pro-Ministrum R.
Adm. Patrem Venantium Jyszkovuski; dubitatum fuit à
Patribus, si posset, & deberet admitti, vel non, cum ad
tramites Constitutionis Apostolicæ Sanctissimi Domini nostri Clementis XIII. in defectu Ministri Provincialis subro-
getur in jure vocalitatis expressè, & præcisè Custos : &
juxta Leges Ordinis minime derogatas, impedito Custode, debeat dari pro vacante Custodiatus, & eligi alius
Custos? Patres nihilominus, quamquam in id consensére,
quod attento litterali, & rigoroso intellectu Legum, non
debeat admitti ; censuerunt tamen admitti posse pro gratia,
& sic admiserunt.

Et in consequentiam generaliter decreverunt pro hoc
Ca-

Capitulo Generali tantummodo, quod admittantur etiam ex indulgentia alii Pro-Ministri, qui forte accedant, dummodo ex unaquaque Provincia unus tantum Vocalis accedat, & admittatur, & absint Minister, & Custos ejusdem Provinciæ. Decernit præterea Definitorium Generale sub pœna privationis utriusque vocis per decennium, & officii, vel officiorum, quæ habeant Minister, Custos, & Definitores, etiam Generales habituales, qui amplius consentiant in electione Pro-Ministrorum, & ipsi Pro-Ministri acceptantes, & accedentes ad Capitulum Generale eisdem pœnis subjaceant, & nullo modo ad Votum admittantur.

Item: Propositis per Réverendissimum P. Ministrum Generalem excusationibus Provinciæ Transilvaniæ Reformatorum; & Provinciarum Candiæ, Bulgariæ, S. Antonii Venetiarum, & Sanctissimi Redemptoris Observantium, benigne, & ex indulgentia admissæ sunt. Tamen decréverunt Patres, quod Reverendissimus P. Minister Generalis futurus, & respective Reverendissimus P. Commissarius Generalis Familiæ, inquirant circa causas expositas, & urgeant opportunis mandatis etiam pœnalibus Superiores earundem Provinciarum, quatenùs minime contraveniant præcepto Regulæ, quo præcipitur accessus legitimorum Vocalium ad Capitulum Generale juxta recentiorem Apostolicam Sanctionem, hac de re emanatam. Pari modo se se excusaverunt Provinciæ Gallo-Parisina Regular. Observ. & Sanctæ Mariæ Magdalenæ, & Sanctissimi Sacramenti Recollectorum ejusdem Nationis: circa quas idem censuit, & decrevit Definitorium Generale, quod immediate statuit pro illis Ultramontanæ Familiæ.

Proposito dubio, an Custodes advenientes loco Ministrorum Provincialium occupare debeant Sessionem in Capitulo Generali, quæ correspondet Provinciæ, ex qua unusquisque mittitur, quemadmodum occupant eundem locum, & Sessionem Pro-Ministri? Responderunt unanimi consensu Patres: *affirmative*.

SES-

SESSIO III. MATUTINA.

Die 14. Maii.

Apertæ fuerunt Epistolæ aliquæ directæ ad Definitorium Generale, in quibus, vel in aliquibus earum mittebantur Scripturæ de statu Provinciæ Angliæ, & Custodiæ Sabaudiæ ; & in aliis continebantur negotia particularia : quæ omnia remissa fuerunt per Patres , ad Auditores Causarum , & Revisores Scripturarum, ut tempore debito referantur coram Reverendissimo Definitorio,

SESSIO IV. MATUTINA.

Die 15. Maii.

IN hac , Inquam , Sessione legitimæ fuerunt ex hac Familia Cismontana plurimi Vocales juxta Statuta Ordinis. Eadem ipsa die , cum Sanctissimus Dominus noster Clemens Papa XIII. Eminentissimum Dominum Bonaventuram S. R. E. Cardinalem de la Cerda Indiarum Patriarcham, Capituli hujus Generalis Præsidem delegerit,& constituerit , cum facultate subdelegandi in casu , &c. & ipse Eminentissimus Dominus Cardinalis Illustrissimum , & Reverendissimum Dominum Andream Majoral Archiepiscopum Valentinum, cum omnibus facultatibus sibi concessis , & similibus Præsidentibus concedi solitis , subdelegasset ; statuta hora sexta circiter post meridiem , ipse Illustrissimus, ac Reverendissimus Archiepiscopus, cum amplissimo suo Comitatu ad Ecclesiam, & Domum hanc Capitularem accessit, ibique à Reverendissimo P. Ministro Generali, cæterisque Patribus vocalibus , ea , qua par erat reverentia , lætitia , & plausu exceptus , & usque ad Aram maximam, & Thronum sibi paratum processionaliter perductus , fusis de more ad Deum precibus, per R. P. Secretarium Generalem , Breve Apostolicum cum subdelegatione, ipsi Illustrissimo, ac Reverendissimo Domino com-

commissa, lectum fuit, & publicatum: Statimque à Reverendissimo Patre Ministro Generali, nomine totius præsentis, & annuentis Capituli, ei debita obedientia submissè præstita fuit. Tenor autem Brevis, & Subdelegationis est, ut sequitur.

Bonaventura de Corduba Miseratione Divina Sanctæ Romanæ Ecclesiæ Presbyter, Cardinalis de la Cerda, & Sancti Caroli, Patriarcha Indiarum, Capellanus, ac Eleemosynarius Major Serenissimæ Catholicæ Majestatis, ejusque Regius Consiliarius, Rector, ac Administrator perpetuus Curæ Animarum, Judex Ordinarius Ecclesiasticus ejus Regiæ Capellæ, Domus, & Aulæ, aliarumque Ecclesiarum, Monasteriorum, Collegiorum, Hospitalium, Palatiorum, & Situum Regiorum cum territorio separato verè nullius, ac Jurisdictione omnimoda Episcopali, vel quasi, &c. nec non Capellanus Major, & Vicarius Generalis Regiorum Exercituum Maris, & Terræ ejusdem Serenissimæ Catholicæ Majestatis, &c.

Venerabili In Christo Fratri nostro Archiepiscopo Valentino salutem, & sinceram in Domino charitatem. Nuper Sanctissimus Dominus noster Dominus Clemens Divina Providentia PP. XIII. per suas litteras in forma Brevis sub die 24. Martii anni currentis expeditas, Nos in Præsidentem Capituli Generalis Ordinis Fratrum Minorum Sancti Francisci de Observantia in Civitate Valentiæ de proximè celebrandi cum auctoritate; & facultatibus opportunis, ac etiam subdelegandi, eligere, & deputare dignatus est, prout ex eisdem Apostolicis litteris apparet, quarum tenor talis est, videlicet: = Dilecto Filio nostro Bonaventuræ S. R. E. Presbytero Cardinali de Corduba Spinola de la Cerda nuncupato. = Clemens PP. XIII. Dilecte Fili noster Salutem, & Apostolicam Benedictionem. Cum sicut accepimus, Capitulum Generale Ordinis Minorum Sancti Francisci de Observantia nuncupatorum, in Civitate Valentina prope diem benedicente Domino celebrandum sit, Nos cupientes, ut Capitulum hujusmodi rectè, & fideliter ad Dei gloriam, dictique Ordinis utilitatem celebretur, Te, de cujus fide, pietate, prudentia, integritate, & religionis zelo plurimum in Domino confidimus, in dicto Capitulo Generali nostro, & Sedis Apostolicæ nomine Præsidentem, cum auctoritate, facultatibus, honoribus, & oneribus similibus Præsidentibus competentibus, & aliàs solitis, & consuetis, & cum facultate, quando Tu, actibus Capitularibus interesse non poteris, aliquam Personam Ecclesiasticam, Sæcularem, sivè Regularem in Dignitate Ecclesiastica constitutam Tibi benè visam, in Tui locum ad hujusmodi Præsidentis munus obeundum cum auctoritate, & facultatibus Tibi per præsentes concessis, substituendi auctoritate Apostolica tenore præsentium facimus, constituimus, & deputamus. Teque in Domino hortamur, & monemus, ut Capitulum hujusmodi fideliter regere, ac in illo omnia, & singula, quæ ad prosperum totius Ordinis hujusmodi regimen, & gubernium pertinent, decerni, statui, & ordinari cures, & facias. Mandantes propterea in virtute sanctæ obedientiæ dilectis filiis memorati Ordinis Superioribus quocumque nomine nuncupatis, cæterisque fratribus, ac specialiter Vocalibus in dicto Capitulo congregatis, aliisque, ad quos pertinet, ut Te in ejusdem Capituli, nostro, & Sedis prædictæ nomine Præsidentem reverenter suscipiant. Tibique, & per Te substituendæ Personæ prædictæ in omnibus ad Præsidentis hujusmodi officium pertinentibus pareant, obediant, & adsistant, Tuaque, & ejusdem Personæ substituendæ salubria monita, & mandata, ac jussa reverenter suscipiant, & efficaciter adimplere procurent. Non obstantibus Constitutionibus, & Ordinationibus Apostolicis, ac Ordinis hujusmodi etiam juramento, confirmatione Apostolica, vel quavis firmitate alia roboratis, statutis, & consuetudinibus, privilegiis quoque, indultis, & litteris Apostolicis in contrarium præmissorum quomodolibet concessis, confirmatis, & innovatis. Quibus omnibus, & singulis illorum tenores præsentibus pro plenè, & sufficienter expressis, ac de verbo ad verbum insertis habentes, illis aliàs in

suo

suo robore permansuris ad præmissorum effectum hac vice dumtaxat specialiter, & expressè derogamus, cæterisque contrariis quibuscumque. Datum Romæ apud Sanctam Mariam Majorem sub Annulo Piscatoris, die XXIV. Martii MDCCLXVIII. Pontificatus nostri anno X. = Andreas Cardinalis Nigronus. Loco ✠ Annuli. = Verum cum Nos, qui easdem Apostolicas Litteras, ea, qua par est reverentia acceptavimus, prout denuò acceptamus, aliis simus gravibus curis, negotiis, & muneribus præpediti, ita ut ad prædictam Civitatem Valentinam Nos conferre, & præfato Capitulo Generali, illiusque actibus, & congressibus interesse nequeamus, facultate Nobis specialiter in eisdem Apostolicis Litteris concessa utendo, Fraternitatem tuam, de cujus fide, Religionis zelo, prudentia, & integritate planè in Domino confidimus, in prædicti Capituli Generalis Ordinis Fratrum Minorum Sancti Francisci de Observantia, in præfata Civitate Valentina de proximo celebrandi: Præsidentem cum auctoritate, facultatibus, honoribus, & oneribus similibus Præsidentibus competentibus, & alias solitis, & consuetis auctoritate Apostolica nobis concessa, tenore præsentium eligimus, constituimus, & deputamus; ipsasque Apostolicas Litteras in omnibus, & per omnia juxta illarum continentiam, formam, & tenorem, In Fraternitatis Tuæ Personam substituimus, & subdelegamus. Eandemque Fraternitatem Tuam In Domino hortamur, & monemus, ut Capitulum hujusmodi fideliter regere, ac in illo omnia, & singula, quæ ad prosperum totius Ordinis hujusmodi regimen, & gubernium pertinent, decerni, statui, & ordinari cures, & facias. Mandamus propterea in virtute sanctæ obedientiæ omnibus, & singulis dilectis filiis memorati Ordinis Superioribus quocumque nomine nuncupatis cæterisque Fratribus, ac specialiter Vocalibus in dicto Capitulo congregatis, aliisque ad quos pertinet, ut Fraternitatem Tuam in ejusdem Capituli prælibati Sanctissimi Domini nostri Papæ, & Sedis Apostolicæ nomine Præsidentem reverenter suscipiant, habeant, & recognoscant. Ti-

D   bi,

26

bique in omnibus ad Præsidentis hujusmodi officium pertinentibus pareant, obediant, & adsistant, tuaque salubria monita, & mandata, ac jussa reverenter suscipiant, & efficaciter adimplere procurent. Non obstantibus omnibus illis, quæ prædictus Sanctissimus Dominus noster PP. in præfatis suis Litteris voluit non obstare, cæterisque contrariis quibuscumque. Datum In Regio Situ de Aranjuez die decima nona mensis Aprilis anni millesimi septingentesimi sexagesimi octavi. = B. V. Cardinalis de la Cerda, & à Sancto Carolo. = De mandato Eminentissimi Domini Domini mei = Dominus Augustinus à Buzuaga Secretarius.

Infrascriptus Secretarius Generalis Ordinis fidem facio, & attestor, quod die quinta decima hujus mensis Maii hora quarta vespertina Reverendissimus Pater noster Minister Generalis Fr. Petrus Joannetius de Molina, omnes Reverendissimi, & RR. Adm. Patres Capitulares, Illustrissimum, & Reverendissimum Dominum Dominum Andream Majoral Valentinæ Ecclesiæ præclarum Archiepiscopum, in ipso Ecclesiæ Sancti Patris nostri Francisci Conventus limine solemni pompa receperunt, & sub Pallio cum Te Deum ad Capellam dictæ Ecclesiæ principalem usque 'comitati fuerunt, in qua sellam sibi paratam adsumens, litteras Sanctissimi Domini nostri Papæ Clementis XIII. & Eminentissimi Domini Cardinalis S. R. E. & Patriarchæ D. Bonaventuræ de Corduba mihi consignavit, & præbuit, ut alta, & intelligibili voce perlegerem omnibusque notas facerem, prout supra patent. Quibus auditis, & intellectis, illico Reverendissimi Capitulares omnes debita cum submissione, reverentia, & obedientia paribus, dictum Illustrissimum, & Reverendissimum Dominum Archiepiscopum Capituli Generalis Ordinis die vigesima prima dicti mensis celebrandi Præsidem acceptarunt. Quod quidem expressis verbis Reverendissimus Pater noster Minister Generalis Fr. Petrus Joannetius de Molina solita modestia omnium nomine, & coram omnibus, Illustrissimo, & Reverendissimo Archiepiscopo exposuit. In cujus fidem præsens exhibeo testimomonium , quod propria manu subscribo, signoqûe solito munio in hoc Sancti Patris nostri Francisci Valentino Conventu , eadem die quinta decima mensis Maii , anni Domini millesimi septingentesimi sexagesimi octavi. = In veritatis ✠ testimonium. = Fr. Joannes Bermudez de Castro Secretarius Generalis Ordinis.

SESSIO V. MATUTINA.

Die 16. Maii.

L Egitimati fuerunt in hac Sessione omnes ferè utriusque Familiae Vocales ad praescriptum Statutorum Ordinis.

SESSIO VI. MATUTINA.

Die 17. Maii.

EXpectato usque ad hanc diem Ministro , aut Custode Provinciae Aquitaniae antiquioris , ut in persona illius fieret substitutio Definitoris Generalis per mortem Adm. R. P. Augustini Tournier ejusdem Provinciae Alumni, omnes Patres inhaerentes aliàs decretis in Sessione prima Definitorii Generalis habita die 12. currentis Maii , declaraverunt ad praescriptum Statutorum Ordinis R. Adm. P. Bonaventuram Deuniè Ministrum Provincialem Sancti Ludovici in Gallia Definitorém Generalem substitutum loco defuncti, quoniam compertus est unicus Minister Provincialis ex congerie illarum Provinciarum , ad quas pertinet Definitoriatus Generalis.

Item legitimati fuerunt RR. Pater Minister Reformatorum Marchiae, & Pro-Minister Provinciae Assumptionis B. M. V. de Paraguay.

Proposito supplici libello pro parte Provinciae minoris Poloniae Familiae Ultramontanae Reformatorum ; & visis , ac maturè perpensis iis omnibus, quae Statuta Generalia praescribunt in casu quo tempore accessus Minis-

tro-

trorum Provincialium ad Capitulum Generale moriatur
extra Provinciam Minister : & etiam quid faciendum sit,
si non tantum Minister obierit, sed etiam Commissarius
relictus ad Provinciam gubernandam, videlicet, quod eo casu minimè fiat electio Vicarii, nec Commissarii, sed quod
Pater dignior existens in Provincia, eam gubernet cum
titulo, & auctoritate Vicarii Provincialis; decrevere Patres, quod serventur hæc Statuta in præfata Provincia minoris Poloniæ : & propterea declaraverunt, & mandaverunt, quod ille Pater Definitor, qui primum locum tenet in Definitorio adsumat sigilla Provinciæ, eamque gubernet cum titulo, & auctoritate Vicarii Provincialis usque ad proximum Capitulum Provinciæ. Idque fieri, &
servari mandarunt.

Item propositis prò parte ejusdem Provinciæ minoris
Poloniæ sequentibus dubiis, appositæ fuerunt à Patribus
sequentes resolutiones. Primum : An absque speciali licentia Reverendissimi P. Commissarii Generalis Vicario
Provinciali concessa, sed illa tantum priori Patri Provinciali data, potuerit jure præsidere, & celebrare Congregationem ? Responderunt Patres *affirmativè*. Secundum : An
posito quod illa licentia fuerit valida, necessaria sit confirmatio Reverendissimi Patris Superioris Generalis in favorem Vicarii Provincialis, ut suum officium exerceat,
& ut verus Superior Provinciæ agat ? Responderunt *negativè*.

Item, tempore secundæ Intermediæ Congregationis
mortuus est P. Provinciæ, & etiam Custos actualis: hinc
ob impotentiam Patris Vicarii Provincialis ad proficiscendum in Hispaniam, necessariò debuit eligi novus Custos Vocalis, & electus fuit in Custodem primus Definitor, in Definitorem verò ob defectum Patrum Provinciæ,
& ex Custodum, antiquior ex Definitor fuit subrogatus:
quæritur an subrogatio duorum Definitorum fieri potuit
à Vicario Provinciali cum duobus tantum Definitoribus,
absente Custode Vocali, ob motivum Capituli Generalis?
Responsum fuit à Patribus *affirmativè*.

Præ-

Præterea, & Vicarius Provincialis mortuus est in actu Visitationis canonicæ, qui adhuc vivens postulavit à Reverendissimo Patre Commissario Generali Visitatorem, qui etiam fuit destinatus. Hinc quæritur ad quem de jure spectent sigilla, an videlicet ad Definitorem primum actualem, vel ad seniorem habitualem, vel quomodocumque subrogatum? Responderunt Patres, pertinere ad eum, qui primum locum tenet in Definitorio ex electis in ultimo Capitulo.

Ulterius, an ille, qui recipit sigilla, possit absente Custode, ad electionem Vicarii Provincialis devenire? Et responsum fuit non debere deveniri ad electionem alterius Vicarii Provincialis, sed primus Definitor ex electis in ultimo Capitulo, gubernare debet Provinciam usque ad celebrationem Capituli prout in Decreto.

Adhuc dubitatur, an hujusmodi Superior interinus possit de jure visitationem complere à Vicario Provinciali defuncto incœptam, ante Visitatoris ingressum in Provinciam? Responderunt Patres *affirmativè*.

Amplius, an Custos à Capitulo Generali redux, sit censendus primus Pater, & per consequens eidem tradi debeant sigilla; & illi soli competat convocare Definitorium pro electione Vicarii Provincialis? Responsum fuit *negativè*.

Denique, an stante hoc statu Provinciæ, si Visitator retardasset ingressum in Provinciam usque ad electionem Reverendissimi Generalis, & per consequens jam spirato officio Reverendissimi Patris Commissarii Generalis possit vi Delegationis à dicto Reverendissimo factæ ingredi Provinciam, & Visitatoris officio fungi? Responderunt Patres *negativè*.

Tandem posito quod non competeret ulla jurisdictio, & tamen ipse bona fide sit ingressus Provinciam, rogat, ut ob locorum distantiam, & difficilem ad Superiorem Generalem recursum, cum ipso pro sui officii prosequutione dispensetur. Decreverunt Patres: Remittitur Rmo. P. Ministro Generali Neo-Electo, qui id statuet, quod sibi in Domino magis expedire videbitur.

SES-

SESSIO VII. MATUTINA.

Die 18. Maii.

LEctis, ac maturè perpensis Scripturis Syndicationum ab Adm. RR. Discretorii Generalis Patribus, nedum nihil inventum est querimoniæ contra Reverendissimum P. Ministrum Generalem, Reverendissimum P. Commissarium Generalem, nec contra aliquem ex officialibus Curiæ; quin potiùs Provinciæ omnes gratias innumeras rependunt Reverendissimis suprà dictis Superioribus pro eorum zelo, & dexteritate, ac solertia in regimine adhibitis, ac proptereà maxima laude dignos existimant, uti etiam ipsi prædicti Generalis Definitorii Patres adserunt, atque testantur, & æternam supradictis Reverendissimis Patribus à D. O. M. postulant retributionem.

Die 19. & 20. Maii.

INcœpto, & peracto ab Illustrissimo, & Reverendissimo Domino Præside, hisce duobus diebus Scrutinio tam Cismontanæ, quàm Ultramontanæ Familiæ Vocalium, cum probè innotuisset majorem Vocalium partem utriusque Familiæ stare pro Reverendissimo P. Fr. Paschale à Varisio ex Commissario Generali Ultramontanæ Familiæ, monito de hoc Reverendissimo P. Ministro Generali, certiores fecit omnes Vocales post solis ultimæ diei occasum, ad dirigendam diei sequentis electionem.

Die 21. Maii.

IN hoc Pentecostes pervigilio hora septima matutina, Sacro ad implorandum lumen, & illapsum Spiritus Sancti devotè, atque reverenter celebrato, facto signo, omnes Patres Vocales Templum ingressi suis in locis consederunt. Accedente verò Illustrissimo, ac Reverendissimo Domino Comitiorum Generalium Præside, omnibusque Voca-

li-

libus præsentibus proprio nomine vocatis , & clara voce respondentibus , *adsum* , compertum est ex centum septuaginta duobus numerum Vocalium conflari. Post hæc Reverendissimus P. Minister Generalis petita commissorum, & omissorum in Ordine ministrando venia , sigilla Ordinis in manibus Illustrissimi , ac Reverendissimi Præsidis obtulit , seque officio abdicavit. Deinde delecti fuerunt de more Disquisitores , & facta ab omnibus Patribus Vocalibus confessione , atque ab Illustrissimo Præside absolutione impetrata , post Spiritus Sancti muniminis invocationem, deventum est tandem ad præstanda pro Generalis Ministri electione suffragia. Retectis deinde omnium Vocalium Schedulis constitit in Reverendissimum P. Paschalem à Varisio Sacræ Theologiæ Lectorem emeritum , semel , iterumque Provinciæ Mediolanensis Reformatorum Ministrum Provincialem , atque Ultramontanæ Familiæ Ex-Commissarium Generalem , virum doctrina, morum suavitate, & in rebus agendis dexteritate clarissimum , eadem ferè omnia suffragia confluxisse ; ideoquè renunciatus , declaratus , & publicatus fuit Minister Generalis totius Ordinis Fratrum Minorum ritè , & canonicè electus idem Reverendissimus P. Paschalis à Varisio , eamque electionem Illustrissimus , ac Reverendissimus Dominus Præses firmam, ratamque habuit ; & concrematis Schedulis , apertisque Templi januis, solemnis è suggestu publicatio de more hisce verbis peracta est.

IN DEI NOMINE. AMEN.

HÆC est Electio Reverendissimi P. Ministri Generalis totius Ordinis Fratrum Minorum per Patres Vocales in hoc Conventu S. P. N. Francisci Valentinæ Civitatis Capitulariter , ac legitimè congregatos anno Domini millesimo septingentesimo sexagesimo octavo , die verò vigesima prima mensis Maii , canonicè , & ritè celebrata , præsidente in ea Illustrissimo , ac Reverendissimo Domino D. Andrea Majoral Valentinæ Ecclesiæ dignissimo Archiepiscopo , specialiter ab

Emi-

Eminentissimo Domino Cardinali de Cordaba Subdelegato, in qua quidem electione interfuerunt centum septuaginta duo suffragia, quæ sequenti Ordine fuerunt distributa.

Hic adnumerantur nomina candidatorum, & quot singulis ex suffragiis singuli nacti sunt, à quibus percensendis, ut mos est, duximus supersedendum.

Et ego Fr. Joannes Baptista Servera, Definitor Generalis, unus ex Disquisitoribus, & compromissariis, virtute compromissi in me, & in Socios meos limitati, nomine omnium, qui in dictam Electionem convenerunt, & consenserunt præfatum Reverendissimum P. Fr. Paschalem à Varisio, in quem major pars vocalium consensit, in Ministrum Generalem canonicè electum, nomino, & sic electum denuntio. In nomine Patris, & Filii, & Spiritus Sancti. Amen.

Andreas Archiepiscopus Valentinus, & Præses.

Ita est F. Ludovicus Bernart Definitor Generalis substitutus, & Disquisitor.

Ita est Fr. Eustachius de Neapoli Definitor Generalis substitutus, & Disquisitor.

Ita est Fr. Jacobus Antonius Tusculanus Minister Provinciæ Romanæ Observantium, & Disquisitor.

Ita est Fr. Gregorius Seiz Provincialis Argentinensis, & Disquisitor.

Ita est Fr. Antonius de Fundo Minister Reformatæ Provinciæ S. Vigilii, & Disquisitor.

Ita est Fr. Joannes Baptista Servera Definitor Generalis, Disquisitor, & Capituli Secretarius.

Tunc Te Deum pro gratiarum actione solemniter decantato, Vocales, cæterique Fratres omnes ad Aram maximam per solemnem supplicationem properantes, manumque Reverendissimi P. Neo-Electi Ministri Generalis, quam demississimè osculantes, debitam ei obedientiam, & reverentiam exhibuerunt, innumera spectante populi multitudine, quæ ad Templum hac de causa se se contulerat.

Die 22. Maii.

COngregatis in mane Cismontanæ Familiæ Vocalibus, eisdemque de more suffragantibus, & præside Rmo. Ministro Generali totius Ordinis, prodiit canonica electio Rmi. P. Fr. Antonii Abian, Provinciæ Observantis Aragoniæ filii, Doctoris Theologi, ejusdemque Provinciæ Ex-Provincialis Ministri, & in alma Urbe Procuratoris Generalis Ordinis, in Commissarium Generalem ejusdem Familiæ, quæ quidem electio publicata fuit, ut sequitur.

· In Dei nomine. Amen.

HÆC est electio Rmi. P. Commissarii Generalis Ordinis Minorum totius Familiæ Cismontanæ per Patres Vocales in hoc Conventu S. P. N. Francisci Valentinæ Civitatis capitulariter, ac legitime congregatos, anno Domini millesimo septingentesimo sexagesimo octavo, die verò vigesima secunda mensis Maii canonice, & rite celebrata, presidente in ea Rmo. P. nostro Fr. Paschale à Varisio Ministro Generali totius Ordinis, in qua quidem electione interfuerunt nonaginta, & quatuor suffragia, quæ hoc ordine sunt distributa.

Omittuntur nomina Candidatorum, in quibus duo tantum suffragia fuerunt distributa.

Et ego Fr. Joannes Servera Definitor Generalis, unus ex Disquisitoribus, & Compromissariis, virtute compromissi in me, & in socios meos limitati, nomine omnium, qui in dictam electionem convenerunt, & consenserunt, prefatum Rmum. P. Fr. Antonium Abian, in quem major pars Vocalium consensit, in Commissarium Generalem totius Familiæ Cismontanæ canonice electum nomino, & sic electum enuntio. In nomine Patris, & Filii, & Spiritus Sancti. Amen.

Fr. Paschalis à Varisio Minister Generalis, & Præses.
Ita est Fr. Ludovicus Bernart Definitor Generalis Substitutus, & Disquisitor.

E   Ita

Ita est Fr. Gregorius Seiz Provincialis Argentinensis, &
Disquisitor.
Ita est Fr. Joannes Baptista Servera Definitor Generalis,
Disquisitor, & Secretarius.

Die 23. Maii.

IN mane hujus diei electi fuerunt Procuratores Generales Ordinis, & alii Officiales Generales in Curia
Romana, prout sequitur.

IN NOMINE DOMINI. AMEN.

Hæc est electio Adm. R. P. Procuratoris Generalis Ordinis.

SUffragantibus Vocalibus Ultramontanæ Familiæ Observantium, Adm. R. P. Fr. Eustachius à Neapoli Lector
Jubilatus, auctoritate Apostolica inter Procuratores Generales cooptatus, & Provinciæ Terræ Laboris Provincialis Minister, ritè, & canonicè electus fuit Procurator Generalis Ordinis, eademque electio confirmata fuit à Rmo.
P. Ministro Generali die 23. Maii, anno millesimo septingentesimo sexagesimo octavo, in Conventu Capitulari S.
Francisci Valentiæ. = Fr. Paschalis à Varisio Minister Generalis.

IN DEI NOMINE. AMEN.

Hæc est electio Adm. R. P. Commissarii Generalis Curiæ.

SUffragantibus Vocalibus Cismontanæ Familiæ Observantium die 23. Maii, anni Domini millesimi septingentesimi sexagesimi octavi R. Adm. P. Fr. Joannes Bermudez de Castro Lector Jubilatus Pater Provinciæ Sancti
Evangelii de Mexico, & Secretarius Generalis Ordinis in
Commissarium Generalem Curiæ Romanæ, ritè, & canonicè fuit electus; quam electionem Rmus. P. N. Minister Generalis Fr. Paschalis à Varisio confirmavit. = Fr.
Paschalis à Varisio Minister Generalis.

IN

In Dei nomine. Amen.

Hæc est electio Adm. R. P. Procuratoris Generalis Reformatorum.

PRoposito per Rmum. P. Paschalem à Varisio Ministrum Generalem totius Ordinis Patribus Vocalibus Reformatis Ultramontanæ Familiæ pro officio Procuratoris Generalis ejusdem Familiæ R. P. Carolo Antonio de Samoclevo Reformatæ Provinciæ Tridentinæ S. Vigilii Lectore Emerito, & à Secretis immediati Rmi. P. Ministri Generalis, qui pridie pro hujusmodi officio fuerat qualificatus à Rmis. Patribus Definitorii Generalis ejusdem Reformatæ Familiæ, ejus canonica electio plenis votis habita est, & ab eodem Rmo. P. Ministro Generali confirmata die vigesima tertia Maii, anno millesimo septingentesimo sexagesimo octavo In hoc Capitulari Conventu S. Francisci Valentiæ. = Fr. Paschalis à Varisio Minister Generalis.

In Dei nomine. Amen.

Electio Adm. R. P. Procuratoris Generalis Discalceatorum,
& Recollectorum in Romana Curia.

HÆC est electio Adm. R. P. Procuratoris Generalis Discalceatorum, & Recollectorum in Romana Curia, per Patres Vocales in hoc Conventu S. P. N. Francisci Valentina Civitatis capitulariter, & legitimè congregatos, anno Domini millesimo septingentesimo sexagesimo octavo, die vervigesima tertia Maii, canonicè, & ritè celebrata, præsidente in ea Rmo. P. N. Fr. Paschali à Varisio totius Ordini-S. P. N. Francisci Ministro Generali, in qua quidem electione convenerunt triginta septem suffragia, quæ hoc ordine distributa sunt, &c.

Et Adm. R. P. Fr. Anselmus Lorete, Custos Provinciæ S. Nicolai in Lotharingia habuit triginta sex suffragia.

Et ego Fr. Antonius à Consuegra Minister Provinciæ S.

Jo-

36

Joseph , unus ex Disquisitoribus , & Compromissariis , virtute compromissi in me , & in socios meos limitati , nomine omnium , qui in dictam electionem convenerunt , & consenserunt R. Adm. P. Anselmum Lorete , in quem major pars Vocalium consensit in Procuratorem Generalem Discalceatorum , & Recollectorum in Romana Curia , canonice electum nomino , & sic electum enuntio. In nomine Patris , & Filii , & Spiritus Sancti. Amen. = Fr. Paschalis à Varisio Minister Generalis.

   Ita est Fr. Basilius Dubois de la Vaud , Disquisitor.

   Ita est Fr. Nicolaus à Salvatione Minister Provincialis Provincia S. Antonii Discalceatorum in Lusitania Disquisitor.

   Ita est Fr. Antonius à Consuegra Minister Provincia Sancti Joseph Disquisitor , & Secretarius.

Die 24. mensis Maii.

PEracta est hac die electio Definitorum Generalium utriusque Familiæ.

Pro Familia Ultramontana.

R. Amd. P. Fr. Leander Luegmayr Lector Generalis Minister Provincia Austria Reformata.

R. A. P. Fr. Claudius à Lauda Lect. Jub. Minist. Provinc Obrervantium Mediolanensis.

R. A. P. Fr. Dominicus à Panormo Lect. Emeritus Minist. Prov. Vallis-Netbi Reformata.

R. A. P. Fr. Joannes Baptista à Scilla Lect. Jub. Minist. Prov. Septem Martyrum Obrerv.

R. A. P. Fr. Joannes Rusiecki , Prædicator Generalis , Minist. Prov. Obrerv. Polonia Minoris.

R. A. P. Fr. Franciscus Antonius à Feltria , Lect. Emeritus, Minist. Prov. Veneta S. Antonii Reformatorum.

R. A. P. Fr. Antonius à Salandra Lect. Emerit. Minist. Prov. Basilicata Reformatorum.

R.

R. A. P. Fr. Jacobus Antonius à Tusculo Lect. Jub. Minist.
   Prov. Observ. Romanæ.
R. A. P. Fr. Joannes Dominicus à Solerio Lect. Jub. Ex-Se-
   cret. Generalis Ordinis Prov. S. Francisci Observantium.
R. A. P. Fr. Franciscus Maria ab Alassio Lect. Jub. Minist.
   Prov. Observ. Januensis.

Pro Familia Cismontana.

R. A. P. Fr. Franciscus Suarez Lect. Jub. Ex-Provincialis,
   & Custos Prov. Bæticæ Observ.
R. A. P. Fr. Gregorius Seiz Lect. Jub. Minist. Provinc. Ar-
   gentinæ Recollectorum.
R. A. P. Fr. Franciscus Xaverius de Sancta Anna Lect. Theo-
   log. & Doctor Conimbricensis Minist. Prov. Algarb.
   Observ.
R. A. P. Fr. Basilius Duboit de la Vaud Lect. emeritus, Mi-
   nist. Prov. Immaculatæ Conceptionis in Aquitania.
R. A. P. Fr. Joseph Marin Lect. Jub. Ex-Secret. Generalis
   Minist. Prov. Carthagin. Observantium.
R. A. P. Fr. Antonius à Consuegra Lect. Theologus , Ex-Se-
   cretarius Generalis Ordinis , & Minist. Prov. S. Joseph
   Discalceatorum.
R. A. P. Fr. Emmanuel à Cœnaculo Lect. Jub. & Doct. Conim-
   bricensis Minist. Prov. Lusitaniæ 3. Ordinis.
R. A. P. Fr. Bonaventura Deunie Prædicator Generalis Mi-
   nist. Prov. S. Ludovici in Gallia Observant.
R. A. P. Fr. Dominicus Daillet Doct. Sorbonicus , & Vica-
   rius Provincialis Magn. Prov. Franciæ.
R. A. P. Fr. Bertrandus Pyckó Lect. emerit. Custos Prov.
   S. Joseph in Comit. Fland. Recoll.

   Expletis electionibus omnibus, reassumptæ, & prose-
quutæ fuerunt sessiones ad negotia ordinis expedienda.

SESSIO VIII. VESPERTINA.

Die 24. Maii 1768. Utriusque Familia.

AUctoritate Rmi. P. Ministri Generalis Neo-Electi nominati sunt Secretarii in novo Definitorio Generali, adprobantibus cæteris Patribus. Pro Familia Ultramontana A. R. P. Fr. Joannes Baptista à Scilla Provinciæ Sanctorum Septem Martyrum Observantium Minister, & Definitor Generalis. Pro Cismontana autem Adm. R. P. Fr. Josephus Marin Provinciæ Carthaginensis Minister, & Definitor Generalis.

Ex Vocalibus pariter utriusque Familiæ Ultramontanæ, & Cismontanæ tam Observantium, quam Reformatorum, Discalceatorum, & Recollectorum, electi fuerunt, qui Causas, Postulationes, instantias, Capitulo Generali exhibitas, tamquam totius Capituli Discreti discuterent, una cum novo Definitorio Generali, pro matura earundem Causarum, Postulationum, instantiarum decisione: fuerunt autem sequentes.

PRO FAMILIA ULTRAMONTANA OBSERVANTIUM.

RR. PP.   *Minister Provinciæ Tusciæ.*
          Minister Provinciæ Principatus.
          Minister Provinciæ S. Didaci.
          Minister Provinciæ Mantuæ.
          Custos Provinciæ Lyciensis.
          Custos Provinciæ S. Thomæ Apostoli.
          Custos Provinciæ Brixiæ.
          Minister Provinciæ Dalmatiæ.
          Custos Provinciæ S. Ladislai.
          Minister Provinciæ S. Angeli in Apulia.
          Minister Provinciæ Poloniæ Majoris.

Præses = *Adm. R. P. Cherubinus à Roma Ex-Definitor Generalis.*

PRO

Pro Familia Reformatorum.

RR. PP. *Minister Provinciæ Romanæ.*
Minister Provinciæ Marchiæ.
Minister Provinciæ Bononiæ.
Minister Provinciæ Januæ.
Minister Provinciæ Mediolanensis.
Minister Provinciæ S. Bernardini.
Custos Provinciæ Terræ Laboris.
Minister Provinciæ Vallis Mazariæ.
Minister Provinciæ SS: Septem Martyrum.
Minister Provinciæ S. Vigilii.
Custos Provinciæ Bohemiæ.

Præses = *Adm. R. P. Bernardinus à Panormo Ex-Definitor Generalis, vel eo se excusante, Adm. R. P. Thomas Hyacinthus ab Asculo pariter Ex-Definitor Generalis.*

Pro Familia Cismontana Observantium.

RR. PP. *Minister Provinciæ Aragoniæ.*
Minister Provinciæ Burgensis.
Minister Provinciæ Cathalauniæ.
Minister Provinciæ Immaculatæ Conceptionis.
Custos Provinciæ Aquitaniæ Recentioris.
Adm. R. P. Minister Provinciæ Turoniæ Majoris Substitutus pro Definitore Generali absente.
Minister Provinciæ Portugalliæ.
Minister Provinciæ S. Joannis Evangelistæ de Azores.
Minister Provinciæ Pietatis Discalceatorum.
Custos Provinciæ Arrabidorum.
Minister Provinciæ S. Joannis Baptistæ; Discalceatorum Hispaniæ.
Minister Provinciæ S. Petri de Alcantara Granatæ.
Custos Provinciæ S. Paschalis Lyciensis.
Custos Provinciæ S. Dionysii in Gallia.
Custos Provinciæ Britanniæ Recollectorum.

Cus-

Custos Provinciæ S. Bernardini in Gallia Recollectorum.

Minister Provinciæ S. Elisabeth Thuringiæ Superioris.

Custos Provinciæ Germaniæ inferioris.

Minister Provinciæ H bernie.

Custos Provinciæ Saxoniæ S. Crucis.

Minister Tertii Ordinis Provinciæ S. Michaelis
Bæticæ.

Præses = Adm. R. P. Antonius de Alcoba Ex-Definitor
Generalis: Hoc impedito, Adm. R. P. Joannes Baptista Ser-
vera Ex-Definitor Generalis; & hoc quoque impedito Adm.
R. P. Petrus Otero Ex-Definitor Generalis.

SESSIO IX (a) MATUTINA.

Die 25. Maii.

PER Definitorium Generale Familiæ Cismontanæ decreta fuerunt sequentia. Primo: Ad supplices preces R.
Adm. P. Ministri Provinciæ Legionensis Tertii Ordinis, &
Definitoris Generalis Substituti, confirmavit Definitorium
Generale aliàs Decretum in ultimo Capitulo Mantuano
circa Visitatorem, & Præsidem Capituli ejusdem Provinciæ; liberum tamen esse voluit Superiori Generali, tum
Generali Ministro, tum Commissario Generali Familiæ vi-
sitare per se ipsum, vel omnes, vel aliquos Conventus
ejusdem, semper, & quando sibi in Domino visum fuerit.

Minister Provincialis Legionensis Tertii Ordinis in
Hispania postulavit, confirmari duo Decreta Capituli Generalis Mantuani anno Domini 1762. videlicet: quod ad
visitationem deputetur Alumnus ejusdem Provinciæ; similiter quod deputetur Præses Capituli Provincialis ejusdem Provinciæ Alumnus, si Superior Generalis per seipsum non præsideat, propter paupertatem, & paucitatem
Conventuum = Definitorium Generale ita decrevit: Con-
firmantur Decreta Capituli Mantuani expressa in precibus
prout petitur.

(a) *Hæc hujus et sequentis usque ad Sess. XVI. inclusivè sunt pro*
Familiâ Cismontanâ. Vid. super in Sess. I. Not. 2.   Fr.

Fr. Bartholomæus Ruvi, Lector Jubilatus Provinciæ Majoricensis, in supplici libello exposuit : Olim ferè per sexennium Philosophiam docuisse in Regali Conventu Civitatis Palmæ ejusdem Provinciæ, cum attestationibus de eo, quod cursus Philosophici, qui in prædicto Cœnobio pereleguentur Regio Chirographo D. D. Philippi V. aggregari meruerunt Regiæ, ac Pontificiæ Universitati illiusmet Civitatis. Cum autem juxta Hispaniæ praxim cursus Philosophici, qui in Universitatibus leguntur pro totidem annis lecturæ Theologiæ computentur, rogat, ut tempus istius philosophicæ lectionis sibi suffragari declaretur ad bis jubilationem obtinendam. = Responsum fuit : *Juxta petita* : jura tamen quæcumque, & privilegia sibi ex jubilatione provenientia, eo ex tempore desumenda esse, quo 15. annos lecturæ absolvit, comprehenso pro prima jubilatione toto illo tempore quo legit Philosophiam in prædicto Conventu Palmæ.

Minister Provinciæ Cantabriæ petiit, confirmari Decretum Definitorii ejusdem Provinciæ adprobatum à Rmo. P. Ministro Generali Immediato die 30. Maii 1761. Super quartam lecturam Theologiæ, unam pro qualibet natione ex quatuor componentibus prædictam Provinciam, ratione multitudinis Sæcularium ad præfatum Theologiæ studium concurrentium. = Rescriptum fuit : *Confirmatur Decretum Definitorii Provinciæ, ut petitur.*

SESSIO X. VESPERTINA.

Eodem die 25.

PAter Minister Provinciæ Granatensis Observantium adjungitur Discretorio Generali Cismontanæ Familiæ.

Provinciæ S. Elisabeth Thuringiæ Superioris, & Inferioris habentes idem sigillum pro utraque Provincia, eisdemque ferè signis rogarunt pro mutatione sigilli, ne inconvenientia aliqua sequantur. = Definitorium Generale decrevit; *Reservato antiqua Provincia S. Elisabeth Superioris*

Thu-

Thuringiæ antiquo sigillo, quo usa est, & utilur usque in præsentiarum, conficiatur novum sigillum pro Provincia S. Elisabeth inferioris Thuringiæ à PP. Adm. RR. Definitoribus Generalibus Nationis Germano-Belgicæ, & mittatur exemplar novi sigilli ad Rmos. PP. Ministrum & Commissarium Generales.

Commissarii Visitatores Tertii Ordinis Sæcularis, tum Conventus Ulyssiponensis Provinciæ Portugalliæ, tum Insularum, ratione laboris in tali exercitio, perierunt votum in Capitulo Provinciali sub nullitate actus electionis. = Definitorium Generale respondit *negativè.*

P. Emmanuel à Conceptione Amarante Provinciæ Portugalliæ, & per novem annos Commissarius Curiæ postulavit privilegia in Statutis concessa Definitoribus habitualibus. = Responsum fuit : *Serventur Statuta Ordinis.*

Pro-Minister Provinciæ S. Joannis Evangelistæ de Azores petiit privilegia à Constitutionibus Generalibus concessa PP. Provinciæ, prout concessa sunt Vocalibus Ultramarinis in Capitulo Generali Vallisolerano, & Murciensi. =Decretum fuit : *Fruatur concessis Custodibus, & Pro-Ministris Ultramarinis in Capitulo Generali Romano 1750.*

Minister Provinciæ Algarbiorum in Lusitania petiit, ut in quolibet Conventu ex septem Recollectorum possint tres Missæ quotidie applicari pro intentione ejusdem Ministri, & pro tempore extituti, tum ad reparationem Conventuum propter ruinas tempore terræmotus anno 1755. tum ob inopiam Collegii Conimbricensis, ubi studia Provinciæ habentur. = Rescriptum fuit : *Ut petitur usque ad reparationem Conventuum, & usque dum Provincia in meliori statu sit.*

Pro Ministri Indiarum, qui Capitulo Generali non interfuerunt, suppliciter postularunt privilegia ipsis Pro-Ministris Indiarum concessa, exponentes, quod bona fide accesserunt ad Hispaniæ Regnum, ignorantes, prohibitum esse eis suffragari. = Definitorium Generale decrevit: *Pro gratia ut petitur, absque eo, quod transeat in exemplum in posterum.*

Pa-

Pater Franciscus à Sanctâ Martha Provinciæ Portugal-liæ Chronologus petiit ut habeatur pro Lectore Jubilato de jure, & privilegia actualis Definitoris, cum suffragio in Capitulo Provinciali. = Rescriptum fuit : *Serventur Statuta Ordinis.*

P. Josephus à Miraculis Doctor Theologus Provinciæ Lusitaniæ petiit, ut Provinciæ Doctores præferantur Lectoribus minores hujus muneris annos habentibus, quam illis sunt anni Doctoratus. = Responsum fuit : *Serventur Statuta Ordinis.*

Minister Provinciæ S. Michaelis in Bœtica Tertii Ordinis tria exposuit. *Primum* : Ut Visitator sit Instituendus ex eadem Provincia, sicut concessum est Provinciæ Legionensi Tertii Ordinis in Capitulo Mantuano. *Secundum* : Quod Superioribus Conventuum præcipiatur, satisfacere redditibus, & debitis, antequam ad Capitulum Provinciale accedant. *Tertium* : quod Vicarii Chori sedem habeant in Communitatibus, prout in Statutis generalibus decernitur. = Responsum fuit : Ad primum, pro petita gratia, reservato tamen jure Superiori Generali visitandi per se semper, & quando libuerit, & per alium etiam ex primo Ordine, *quando causam gravem, & urgentem inveniat ad sic deliberandum.* Ad secundum : *Superiores Locales teneantur debita contracta solvere antequam egrediantur ab officio.* Ad tertium : *Servetur Statutum Generale, & Provincia.*

Fr. Joannès de Ubillos, Lector Jubilatus Provinciæ Cantabriæ libellum exposuit, in quo precabatur, ut Statutum fiat ad conferendum titulum Bis-Jubilati Lectoribus antea Jubilatis, laborantibus, & typis mandantibus integrum Philosophiæ cursum. = Rescriptum fuit : *Lectum.*

SESSIO XL MATUTINA

Die 26. Maii.

EX parte Nationis Germano-Belgicæ proposita sunt septem dubia. *Primum* : An Præses in electionibus om-

nibus, tam Fratrum, quam Monialium habeat votum elec-
tivum, & decisivum? *Secundum* : Quomodo, & quando
suffragari debeat, ut gaudere possit decisivo? *Tertium*:
Quid, si sit Delegatus, & exprimatur in Delegatione cum
voto? *Quartum* : An senior, seu dignior Provinciæ Pater
convocans Definitorium, vacante Provincialatu, habeat
votum decisivum? *Quintum* : An Ex-Definitores Generales, sive Provinciales fuerint, sive non, præcedentia gau-
deant ante Provinciales actuales extra propriam Provinciam
existentes? *Sextum* : An iidem præcedant Ex-Commissa-
rios Generales Nationales, sive intra, sive extra Nationem
existentes? *Septimum* : An & quomodo Definitores, & Ex-
Definitores Generales subdantur Commissario Generali
Nationali, aut Provincialibus Provinciæ?

Decretum Definitorii Generalis est. Ad primum : *Quod
circa electiones Monialium servetur consuetudo ; in electionibus tamen à Definitorio Provinciæ fieri solitis, in paritate votorum habet Præsidens votum decisivum.* Ad secundum *requiritur spatium* 24. *horarum.* Ad tertium : *Dum
potiatur voto ex concessione legitimi Superioris, votum habet quoque decisivum Præsidens in Definitorio.* Ad quartum: *negativè respondetur, enim in casu electionis per scru-
tinium, si electio non fiat per spatium* 24. *horarum, de-
volvitur electio ad Superiorem Generalem.* Ad quintum:
Gaudent extra propriam Provinciam. Ad sextum: *Serventur ultimo Decreta à Rmo. P. Ex-Ministro Generali Fr. Petro Joannetio de Molina, dum erat in officio.* Ad septimum:
*Subdantur in omnibus concernentibus disciplinam regularem,
in judicialibus non ita absque consensu, & licentia Ministri Generalis.*

Viso, & maturè considerato supplici libello remisso
per Illmum. & Rmum. Dominum Archiepiscopum Valentinum hujus nostri Capituli Præsidem; pro parte P. Fr.
Francisci Ximenez Concionatoris Provinciæ Bœticæ Regularis Observantiæ, in quo conqueritur adversus sententiam prolatam contra ipsum, & alios Religiosos ejusdem Provinciæ in simili causa versante circa legitimita-
tem,

tem, vel nullitatem Indultorum Apostolicorum in Romana Curia obtentorum ad adsistendum in determinato Conventu pro subventione parentum, & sororum, per Rmum. P. Ministrum Generalem immediatum; & attento quod dictus Rmus. processit in hac causa virtute specialis Decreti, & commissionis Sacræ Congregationis Episcoporum, & Regularium. = Definitorium Generale decrevit, & declaravit: *Nullomodo pertinere ad ipsum cognoscere, neque quidquam decernere in ista causa.*

Cum tamen evidenter constet, tum in supplici libello, tum in epistola directa Illmo. ac Rmo. D. Archiepiscopo, quod absque ulla reverentia, & respectu nominatus Fr. Franciscus Ximenez impetit eundem Rmum. P. Ministrum Generalem immediatum, Rmum. P. Commissarium Generalem Familiæ, tum Procuratorem Generalem Ordinis in Curia Romana, tum etiam R. P. Ministrum Provincialem ejusdem Provinciæ Bæticæ, & alios Provinciales ejusdem Provinciæ antecessores, atque etiam Guardianos, enormibus injuriis, calumniis, & opprobriis, injungit idem Generale Definitorium, nemine discrepante, moderno R. P. Provinciali ejusdem Provinciæ, & præcipit sub præcepto sanctæ obedientiæ, ut prædictum Fr. Franciscum Ximenez mancipari curet illico carceribus, & illi declaret alias pœnas incurrisse, quæ expressè taxatæ sunt in Statutis nostri Ordinis contra indebitè obloquentes adversus Ministrum Generalem Ordinis, aliosque Prælatos, & Fratres, & signanter contra eos, qui opprobriis & injuriis, ac calumniis, & verbis irreverentibus infamant Fratres suos, & præsertim Superiores. Et de executione hujus Decreti monere teneatur idem R. P. Minister, Rmum. P. Commissarium Generalem Familiæ.

SESSIO XII. VESPERTINA.

Ejusdem diei 26.

DEfinitorium Generale, visis, & matura reflexione consideratis quibusdam Regulis Musæi pro Religiosis Provinciarum Nationis Germano Belgicæ Antuerpiæ erigendi, eas confirmavit, & adprobavit, & ad unguem servari mandavit. Et P. Adm. R. Provincialis Semiz, à Rmo. P. Ministro Generali confirmationem, & opportuna mandata obtinere curet.

Custos Sanctæ Helenæ in Florida proposuit : An in casu in quo desint Ex-Provinciales in qualibet ex duabus portionibus, nempe Hispanica una, Americana alia, suffragari debeat antiquior, seu dignior ejusdem portionis, quæ Ex-Provinciali caret, vel alius Ex-Provincialis alterius portionis? An vero in tali casu jus suffragandi potius competat Ex-Custodibus, qui Vocales fuerunt in Capitulis Generalibus, quam aliis Ex-Definitoribus ejusdem portionis, quæ Ex-Provinciales non habet? = Rescriptum fuit : *Jus suffragandi habet Custos, qui Vocalis fuit, & suffragium dedit in Capitulo Generali, in illa tantum portione, in qua defecit Ex-Provincialis, seu Vocalis antiquior; nisi aliter Summus Pontifex decernat, vel in posterum decreverit.*

Fr. Thomas Murciano, Custos Provinciæ S. Joseph de Jucatan, exposuit magnos labores in terra, & mari perpessos, peragrationemque pene novem millium leucarum in suo Apostolici Prædicatoris munere, & Generalis Procuratoris pro Missionibus, & officium Custodis laudabiliter impletum, & petiit incorporari in Provincia Carthaginensi, cum honoribus Custodibus concessis, attenta impossibilitate physica, & morali ad regressum ad Provinciam S. Joseph de Jucatan. = Responsum fuit : *Rmus. P. Commissarius Generalis de consensu unanimi PP. Definitorii Generalis concedit Oratori licentiam ad se recipiendum, & incorporandum in alma Provincia Carthaginensi, attenta etiam consensu præstito ab Adm. R. P. Ministro ipsius & Definitore Generali, decernendo, ut retineat gradum Custodis habitualis cum præeminentiis annexis ultimo loco, relatè ad Custodes, Definitores habituales ejusdem Provinciæ.*

- Custodes Galliæ, & Nationis Germano Belgicæ in remunerationem oneris, & laboris itineris ad Capitulum

Ge-

Generale'.pro. nunc , & in' posterum , dum Ministri Provinciales se excusant, petierunt, ipsis concedi privilegia cum præcedentia immediata post ipsos , & cum voto , vel sine voto prout Definitorio Generali visum fuerit. = Rescriptum fuit : *Serventur alias Decreta in Capitulis Generalibus præcedentibus*. Postea supplicarunt, æquiparari Ex-Provincialibus, qui fuerunt Ministri in alienis Provinciis, & gaudere eorumdem prærogativis quoad titulum Paternitatis, & præcedentiam post Ex-Provinciales , & etiam votum adinstar Jubilatorum. = Responsum fuit : *Serventur Statuta.*

RR. Adm. PP. Discretorii Generalis pro Familia Cismontana *ex proprio motu*, supplicem libellum præsentarunt Definitorio Generali, in quo petierunt, gradum, & honorem Ex-Provincialis concedi R. P. Provisori Capituli Generalis , & omnibus , qui in posterum tali munere laudabiliter functi fuerint, attentis laboribus, quos Provisor actualis pertulit, & quod partes officii sui laudabiliter expleverit. = Responsum fuit : *Conceditur socius gratus.*

Custos, & Definitorium Custodiæ Divi Jacobi Minoris Insulæ de la Madera , duo proposult. *Primum.* Quod concedatur Secretario Custodiæ suffragum in Capitulo , ne inveniatur coarctata electio Definitorium. *Secundum.* Quod Secretario Custodiæ, qui integrum triennium complevit, detur præcedentia super omnes, aliàs ejusdem graduationis. = **Responsum** fuit : Ad primum. *Conceditur votum P. Secretario Custodia.* Ad secundum. *Serventur Statuta.*

Fr. Joannes à Divo Joachin exposult per libellum supplicem, quod per triginta & quatuor annos officium Vicarii Chori in Domo Capitulari ejusdem Custodiæ Insulæ de la Madera exercuit, petiitque privilegia concessa Vicario Chori Conventus de Aracœli. = Responsum fuit: *Conceditur Oratori gradus Prædicatoris Generalis, & præcedentia.*

SESSIO XIII. MATUTINA.

Die 27. Maii 1768.

CUstos Provinciæ S. Antonii Characarum Regni Peruani nomine Definitorii ipsius Provinciæ exposuit dubium : An Collegium S. Bonaventuræ Civitatis Cuzquen-
sis, quod studentium publicæ utilitati inservit, quamvis
ex aliquibus gratuitis eleemosinis sustentetur, tum Bene-
factorum, tum aliorum Conventuum ejusdem Provinciæ,
habet tamen plures pias dotationes Missarum, quibus satisfacere tenetur, his non obstantibus debeat applicare
Missas pro Benefactoribus, qualibet Hebdomada, sicut
ultimo provisionaliter Decretum fuit à Definitorio Provinciæ ? = Responsum fuit : *Collegium applicet tres Mis-*
sas pro Benefactoribus in qualibet Hebdomada, ea tamen
conditione, ut hæc applicatio minimè impediat satisfactio-
nem onerum Missarum, quibus Collegium tenetur ex jus-
titia.

Fr. Hieronymus Leal de las Alas Ex-Provincialis immediatus Provinciæ S. Joseph de Jucatan, & alii Religiosi graduati numero 13. petierunt, ut Definitorium Generale revocet Decretum, seu concessionem pro gratia
in Capitulo Mantuano ad instantiam Fr. Michaelis Leal de
las Alas, tunc Pro-Ministri ejusdem Provinciæ, nempè,
quod non accedente R. Adm. P. Commissario Generali
Mexicano, deleget unum ex tribus Patribus à Definitorio
Provinciæ præsentatis : quia ad ejusmodi impetrationem
commissionem specialem non habuit à Definitorio Provinciæ, & ex hoc fuerunt exortæ scissuræ, & contentiones. Definitorium Generale decrevit : *Attento quod non*
legitimè petiit, revocatur gratia in Capitulo Mantuano con-
cessa, & Superior Generalis illarum partium liberè utatur
jure suo in deputatione Visitatoris.

Fr. Joseph à Sancta Theresia Lector Theologiæ, &
Ex-Custos Provinciæ Tertii Ordinis Sancti Michaelis in
Bœtica, petiit confirmationem Sententiæ datæ à Rmo. P.

Mi-

Ministro Generali immediato , die 26. Novembris ann.
1767. in causa præcedentiæ contra P. Josephum de Alar-
con Ex-Definitorem. = Responsum fuit : *Satis provisum
est per sententiam prædicti Rmi. P. Ministri Generalis immediati.*

R. Adm. P. Commissarius Generalis Peruanus Bernar-
dus de Peon in supplici Libello exposuit gravissima inconvenientia oriri in sindicationibus sive Residentiis , si
in eis non servatur determinatus ordo , aut si protrahan-
tur in longum tempus : Tum etiam in constituendis testibus , & suggestivis interrogationibus , & in aliis ad hæc
pertinentibus , magnum præjudicium fit Commissariis Generalibus. Rogat , ut à Definitorio Generali methodus
quædam apta , & expedita præscribatur in hujusmodi sindicationibus instituendis , tum quoad numerum testium ,
tum quoad interrogationes , tum quoad tempus , intra quod
finiendæ sunt. Tandem petiit , quod expleto sui officii
tempore , possit ad Hispaniam redire , relicto ibi Procu-
ratore , qui nomine supplicantis rationem reddat iis , quæ
contra ipsum produci contigerit ; & si hoc fieri nequit ,
ut assignetur præcedentia , dum præfatæ inquisitiones fiunt,
& terminantur. = Definitorium Generale decrevit : *Quod
in Residentiis Commissariorum Generalium Mexici , & Regni Peruani , Judices designati non debent devenire ad inquisitiones particulares ; sed continere se in terminis In-
quisitionis Generalis ; restringendo se ad interrogandum à
testibus , si habent aliqua , vel aliquas querelas adversus
Commissarium , quousque ex actis ipsius Residentiæ resultent
articuli , qui in individuo debeant jure examinari. Et pariter decernit , quod istæ Residentiæ debeant compleri intra
sex menses à die publicationis ejusdem Residentiæ , quibus
transactis , declarat idem Definitorium Generale , omnino
cessare Jurisdictionem Judicum Residentiæ , & consequenter
Acta , quæ deinceps fecerint , declarantur nulla , ac nullius
roboris. Durante ista Residentia Ex-Commissarius immediatus habeat præcedentium post Guardianum , antea omnes
Provincia PP.*

G   P.

P. Milanus á Cerezeda Lector Theologiæ Ex-Promi-
nister Provinciæ Sancti Evangelii de Mexico exposuit sequentia dubia. *Primum.* An R. P. Emmanuel de Naxera,
Commissarius Generalis Mexici sit verè Jubilatus? Quia
legit per Substitutum , dum fuit in Hispania , ab anno
1752. initio Julii, usque ad ann. 1761. Aprilis, in quo
quartam creavit Cathedram , ut ipsemet legeret usque ad
Jubilationem. *Secundum.* An Lectores actuales possint eligi in Guardianos , quin obstet actualis Lectura? *Tertium.*
An sint rite electi in Guardianos Patres actuales Definitorii. *Quartum.* An Cathedraticus Universitatis debeat gaudere titulo Patris Provinciæ cum præcedentia ante Ex-Custodes , & Pro-Ministros , qui Capitulis Generalibus Interfuerunt, cum legerit tantum decem per annos In Ordine , & per sex in Universitate? *Quintum.* Quod sufficiunt
tres Lectores Theologiæ in Collegio D. Bonaventuræ, absque eo quod in Minoribus Conventibus tres Lectores in
unoquoque sint , ex quo numerus Lectorum excedit numerum studentium , & crescit numerus Jubilatorum. *Sextum.* An in memorato Collegio permanere debeant duo
Lectores Philosophiæ simul , non obstantibus litteris Rmi.
P. Ministri Generalis Petri Joannetil de Molina. *Septimum.*
An debeant vocari , & sint legitimi Guardiani, qui præsunt ubi sunt tantum quatuor, aut quinque fratres? *Octavum.* An possint manere extra claustra fratres sub nomine Visitatorum Tertii Ordinis , non obstantibus dispositionibus Regis , & nostri Ordinis? = Responsum fuit:
Ad primum , *prout proponit Discretorium Generale Ordinis,
videlicet R. P. Fr. Emmanuel de Naxera non est Jubilatus.*
Ad secundum , *obstat actualis Lectura, nisi adsit dispen-
satio legitimi Superioris Genralis.* Ad tertium. *Declarantur
electiones nullæ ; & tam contra electores , quam contra elec-
tos procedatur ad tramites juris , & Statutorum Ordinis.*
Ad quartum. *Declaratur nulla gratia illa concessa P. Ca-
thedratico , & reducitur ad normam Statutorum Ordinis.*
Ad quintum. *Prout visum est Discretorio Generali , videlicet: Supprimantur tres Lecturæ in aliis Conventibus , &*

solum maneant tres Lectores Theologiæ in Collegio D. Bona-
venturæ. Ad sextum. *Lectum.* Ad septimum *, & octavum.*
Observentur præcepta Sanctissimi Domini nostri pro utraque
Familia Cismontana , & Ultramontana contenta in primis
Encyclicis Rmi. P. N. Ministri Generalis immediati Romæ
datis in Conventu Aracœlitano die 4 Octobris anni 1762.

Lecta per Rmum. P. nostrum P. Petrum Joannetium de
Molina Ex-Ministrum Generalem totius Ordinis in Definitorio Generali Cismontanæ Familiæ Epistola D. Ignatii Stepha-
ni de Higareda Regis Secretarii , & antiquioris scribæ Supremi Castellæ Consilii , data die 29. Februarii currentis
anni , ex Decreto ejusdem Supremi Consilii ad eundem directa , in qua multum ipsi commendat , quod seriò tracte-
tur , & provideatur in præsenti Generali Capitulo de mo-
derando numero Fratrum omnium Provinciarum , in di-
tionibus Catholici Regis , & Domini nostri consistentium,
quocumque censeantur nomine, committendo viris gravibus Ordinis , & Nationis examen , & determinationem hujus reductionis , & negotii magnopere conducentis ad servitium Dei , & Regis , & ad bonum , & decorem ejusdem Ordinis , inter quos gratum erit eidem Supremo Consilio Regio , quod adnumeretur Rmus. P. Ex-Minister Generalis immediatus Fr. Petrus Joannetius de Molina , propter experientiam , quam habet de gubernio Ordinis , quid-
que ipsi conveniat : Et quoniam multa jam in hanc rem
in regimine Religionis decrevit providè, & in consequentiam multum proderit ipsius adsistentia, ut negotium jam
ab ipso feliciter incœptum , plenè compleatur.

Quibus omnibus intellectis , & debito respectu, ac veneratione perpensis , Definitorium Generale commisit
Rmis. PP. Commissario Generali Familiæ , Ex-Ministro
Generali P. Fr. Petro Joannetio de Molina, P. Fr. Antonio
Joannetio de Molina Ex-Commissario Generali, & Adm.
RR. PP. Francisco Suarezio, Josepho Marin, & Antonio
à Consuegra Definitoribus Generalibus, quatenus in grave, & utilissimum punctum considerent, tractent, ac de-
cernant pro suo zelo, prudentia, & maturitate, ad glo-

riam

riam Dei , servitium Catholici Regis , decorem , & profectum Religionis , communicando Regio Supremo Consilio
Decreta in hanc rem conclusa ; habendo attentionem ad
providentiam jam sapienter datam pro pluribus Provinciis
à Præfato Rmo. P. Ex-Ministro Generali immediato, quam
exhibuit eidem Generali Definitorio.

SESSIO XIV. VESPERTINA.

Eodem die 27.

Ministri Provinciarum S. Jacobi Observantium , & S.
Pauli Discalceatorum in Hispania præsentarunt supplicem libellum , petentes à Definitorio Generali , quatenus confirmare dignaretur Decreta Regia , & Decreta data à Rmo. P. Bermejo Ministro Generali , contra Provinciam S. Michaelis Observantium , ne hospitium, quod ista
Provincia habet in Civitate Salmantina elevetur ad Conventum , neque ut quæstus faciat intra limites Provinciæ
S. Jacobi, & Provinciæ S. Pauli , eo quod habeat sufficientem dotationem à Rege , neque quod Conciones ad
Populum habeant , nisi die Sancti Titularis, neque quod
plusquam novem Fratres de Familia reperiantur ; neque
in forma Communitatis ad aliquam solemnitatem exeant,
& denique , quod neque superior hospitii ullo modo Guardianus vocetur , & petierunt opportunum remedium pro
pace , & regularitate Conventuum. = Responsum fuit;
Audiatur Minister Provincia S. Michaelis.

SESSIO XV. MATUTINA.

Die 28. Maii 1768.

Discretorium Generale Familiæ Cismontanæ supplicem
libellum exposuit , in quo enixè rogat , ut confir-
metur Decretum Capituli Generalis Mantuani anni 1762.
In quo præcipitur Sacræ Theologiæ Lectoribus, aliisque
om-

ómnibus, quatenus doctrinas tutiores, & probabiliores semper doceant, & amplectantur: & nedum confirmari, sed & roborari, & pœnas privationis officii imponi transgressoribus, ne ullo modo per nostros Fratres tale Decretum Mantuanum parvipendatur, ut & purior, & sanior moralis legatur, & in praxim deducatur. = Rescriptum fuit: *Definitorium Generale conformatur propositioni Generalis Discretorii ; præcipiendo, quod ad unguem observentur Decreta, tam Capituli Generalis Mantuani, tum præsens Decretum, injungendo omnibus Superioribus, sive Familiæ, sive Provinciarum, sive Conventuum, ut attentè invigilent pro observantia eorundem Decretorum, applicando irremissibiliter pœnas privationis officii Lectoribus, Concionatoribus, & Confessariis, quos contravenire repererint, & alias graviores ; si contumaces se exhibuerint.*

Minister Provinciæ S. Michaelis auditus est super libello præsentato pro parte Ministri Provinciæ S. Jacobi Observantium, & S. Pauli Discalceatorum, juxta Decretum ses. 14. & Rescriptum fuit: *Uniatur, & remittatur hæc instantia cum Responsione R. P. Ministri Provinciæ S. Michaelis ad Rmum. P. Commissarium Generalem, qui auditis partibus decernat, quod in Domino sibi videatur expedire justitia mediante.*

Visa instantia ex una parte inter R. & Venerabile Definitorium Magnæ Provinciæ Franciæ, & ex alia R. P. Pursel, circa ingressum in Definitorium, Definitorium Generale decrevit: *Committitur examen istius causæ R. Adm. P. Josepho Clerche Ex-Difinitori Generali Ordinis, & actuali Guardiano Magni Conventus Parisiensis, & RR. PP. Alexio Legran Doctori Sorbonico, & Lectori Jubilato in eodem Conventu, & Francisco Josepho Michaeli Fabreau Doctori Sorbonico, & almæ Provinciæ Thuroniæ in præfato Conventu Parisiensi Procuratori, quatenus compilatis actis, & auditis partibus prout de jure usque ad prolationem sententiæ inclusivè procedant ; quam tamen, antequam publicetur, mittant ad Rmum. P. Commissarium Generalem Familiæ, qui eam revideat, & confirmet. Interim verò R. P. Pursei abs-*

ti-

tineat ab ingressu in Definitorium , nihilque innovetur, sed res maneant in eo statu in quo sunt.

Quatuor ex Definitores Recollectionis Provinciæ Valentiæ Observantium sequentia proposuerunt dubia. *Primum.* An in suo robore permaneat statutum Generalis Capituli Romani ann. 1664; nempe, quod subrogatio semper debeatur P. Digniori, dummodo iste non sit perpetuo impeditus: & cum in hac Recollectione, ex Bulla Gregorii XIII. Definitor Recollectionis habeat munus adsistendi Definitoriis Provinciæ , & jus visitandi Conventus Recollectionis singulo quoque anno sequitur dubium. *Secundum.* An debeat intelligi de impedito ad utrumque , vel solum ad unum, & si de impedito ad visitandum, dubitatur; an subrogatus impeditus possit vices visitandi alteri Religioso committere? Et si affirmative, quibus conditionibus debeat insignitus esse Delegatus? Definitorium Generale declarat: In casu proposito, si antiquior Definitor in eo statu est, ut possit intervenire Capitulo Provinciali, & Congregationibus Definitorii Provinciæ, debet subrogari loco Definitoris defuncti, etiam si impeditus sit ad peragendas visitationes ; quo tamen casu R. P. Minister Provincialis de consilio ejusdem Definitoris subrogati pro Recollectis , & alterius ex Definitoris immediati in ancianitate post illum deputare possit, & debeat Patrem gravem, & idoneum ex ipsis Recollectis, qui visitationes peragat eadem auctoritate , & jurisdictione, qua pollet ipse Definitor Recollectus.

SESSIO XVI. MATUTINA.

Die 29. Maii 1768. utriusque Familiæ.

EXaminata sunt, & recognita ratiocinia, & computus eleemosinarum PP. Commissariorum Terræ Sanctæ Familiæ Cismontanæ: & Definitorium Generale laudandam judicavit præfatorum Commissariorum operam ob fidelem ipsorum administrationem, computibus, seu ratio-
ci-

clniis cum eleemosinis fidelium fideliter respondentibus.

Inito calculo Conventuum, Monasteriorum, Fratrum, ac Sororum, tam viventium, quam defunctorum in hac Familia Cismontana à tempore Generalis Capituli Mantuani ann. 1762. usque ad præsens Capitulum Valentinum ann. 1768. numerus repertus est prout sequitur.

In Regnis Hispaniæ, et Lusitaniæ.

Conventus Observantium. . . . . 821.
Conventus Discalceatorum. . . . . 369.

     Omnes. . . . . 1190.

Monasteria Monialium. . . . . 330.

Fratres viventes Observantium, & 3. Ordinis. . 22100.
Fratres Discalceati viventes. . . . . 7503.

     Omnes. . . . . 29603.

Fratres Observantes defuncti. . . . . 3915.
Fratres Descalceati defuncti. . . . . 1289.

     Omnes. . . . . 5204.

Moniales viventes. . . . . 11993.
Moniales defuncta. . . . . 1817.

In Natione Galliæ.

Conventus Observantium. . . . . 153.
Fratres viventes. . . . . 1324.
Fratres defuncti. . . . . 211.
Monasteria Monialium. . . . . 43.
Sorores viventes. . . . . 943.
Defuncta. 168.

Recollectorum.

Conventus. . . . . 181.
             Fra-

Fratres viventes. . . . . 2970.
Defuncti. . . . . 503.
Monasteria Monialium. . . . . 62.
Sorores viventes. . . . . 1818.
Defunctæ. . . . . 243.

Desunt ab hoc calculo status Provinciarum SS. Sacramenti, & Sanctæ Magdalenæ in Gallia.

IN NATIONE GERMANO-BELGICA.

Conventus Fratrum. . . . . 217.
Fratres viventes. . . . . 6126.
Defuncti. . . . . 988.
Monasteria Monialium. . . . . 131.
Sorores viventes. . . . . 5504.
Defunctæ. . . . . 485.

IN FAMILIA ULTRAMONTANA.

Conventus Observantium. . . . . 784.
Reformatorum. . . . . 731.
Omnes. . . . . 1515.

Monasteria Sororum Observantium. . . . . 123.
Reformatorum. . . . . 34.
Omnia. . . . . 157.

Fratres viventes Observantes. . . . . 16636.
Reformati. . . . . 17517.
Omnes. . . . . 34153.

Sorores viventes Observantium. . . . . 4517.
Reformatorum. . . . . 1363.
Omnes. . . . . 5880.

Fra.

Fratres defuncti Observantium. 2474
       Reformatorum. . . . . 2753.

          Omnes. . . . . 5227.

Sorores defunctæ Observantium. . . . . 550.
       Reformatorum. . . . . 221.

          Omnes. . . . . 771.

Desunt ab hoc calculo ex Observantibus Provinciæ Siciliæ, Vallis-Nethi, & Corsicæ : Ex Reformatis verò, Provinciæ Siciliæ, Corsicæ, & Transylvaniæ, quarum Vocales Capitulo non interfuerunt, nec suas respectivè notulas præsentarunt.

Proposito per Rmum. P. Commissarium Generalem Familiæ Cismontanæ, & per alios ejusdem Familiæ PP. quod plura incommoda, & mala resultavere, & in dies universo ordini proveniunt ex conatu, quo aliqui PP. Rmi. Commissarii Generales Indiarum, non attendentes ad textus Seraphicæ nostræ Regulæ, & præscripta Statutorum Ordinis, sæpius contentionibus, & litigiis vexaverunt Ministros Generales, resistendo eorum mandatis multis modis: Omnes PP. Definitores utriusque Familiæ committendum dixerunt, & de facto committunt Rmis. PP. modernis Ministro, & Commissario Familiæ Generalibus, ut hæc omnia tractent inter se, & cum PP. Definitorii Generalis, quos apud se retineant, seriò, & maturè. Et dum tempus ipsis videatur opportunum, humiles preces porrigant Catholicæ Majestati, ad hoc ut dignetur adprobare, & confirmare Regium Decretum Dñi. Caroli Secundi olim Hispaniarum Regis, expeditum anno 1693. præcipiendo, ut omninò ad unguem observetur.

Lecto supplici libello RR. Adm. PP. Discretorii Generalis, in quo cum magno animi dolore exponunt abusus, & transgressiones nostræ Seraphicæ Regulæ, quæ Americarum Provinciis obrepserunt, præsertim quoad præceptum altissimæ-paupertatis in pecuniis tractandis; tum etiam in residentia Fratrum extra claustra; & denique in

H   im-

imminenti celebratione Capitulorum Generalium lites pariunt, & fovent vocales aliqui Americani cum præjudicio pacis, & communis boni enixè rogant, ut opportuna remedia adhibeantur, & si necessitas postulet, Regium imploretur auxilium. = Rescriptum fuit: *Remittitur Rmo. P. Ministro Generali Ordinis, & Rmo. Commissario Generali Indiarum Curiæ Matritensis, qui provideant secundum Deum, & Regulam nostram.*

SESSIO IX. MATUTINA.

FAMILIÆ ULTRAMONTANÆ (a)

Die 25. Maii.

PRoposito dubio: Cuinam spectet præsidere Capitulo Provinciali jam convocato, casu quo deficiat Præses, vel ob mortem, vel alia quacumque ex causa? = Capitulum Generale decrevit: *Præsidentiam spectare Ministro Provinciali, si non adsit in loco Capituli Ex-Minister Generalis, vel Ex-Commissarius Generalis. Ea tamen lege, ut Provincialis præsideat Capitulo in Illo tantum actu electionis; in subsequentibus verò præsideat Minister Provincialis noviter electus.*

Porrecto supplici libello à Ministro Reformatæ Provinciæ S. Heduvigis in Silesia, quatenus permittatur incorporare Silesianos in alia Provincia professos, statuit Capitulum Generale, talem incorporationem, haud esse permittendam, nisi prius habeatur consensus utriusque Provinciæ.

Lecto supplici Libello Provinciæ Basilicatæ Observantium pro translatione studii generalis Conventus Briensis In alterum S. Antonii Civitatis Titi, Capitulum Generale perpendens causas esse legitimas, hujusmodi translationem adprobavit.

Quoad Provinciam Albaniæ decernit Capitulum Generale, ut in posterum eligatur in Ministrum Provincialem

(a) *Vigue ad altam Seg. XVI. vid. apr. Segism. 1. Nota 2.*

lem ejusdem qui sit Lector , vel Jubilatus , vel Generalis, vel sexennalis , vel Prædicator Generalis , aut Missionarius duodennalis; isque servata justitia distributiva modò ex una , modò ex alia Provincia adsumatur ad libitum Rmi. Superioris Generalis.

SESSIO X. VESPERTINA.

Eodem die 25. Maii.

R. P. Augustinus à Neapoli Lector Jubilatus, & Chronologus Ordinis ob apertos labores in perlustrandis Annalibus postulans aliquod præmium : = Capitulum Generale se conformando statutis decernit , *quod post editum opus aliquod laude dignum , gaudeat titulo , & privilegio Ex-Ministri Provincialis ultimo loco suæ Provinciæ.*

Istantibus nonnullis Vocalibus , tam Observantium, quam Reformatorum, qui in hoc Capitulo suffragati fuere , vel tamquam Pro-Ministri , vel tamquam Custodes, quatenus admittantur ad privilegia , & prærogativas Pro-Ministris , & Custodibus suffragantibus in aliis Capitulis Generalibus. = Capitulum Generale decrevit , *privilegia, & prærogativas eisdem deberi , quas tribuit Capitulum Generale Marciense ann.* 1756. *& Mantuanum* 1762.

Stante electione in Procuratorem Generalem Ordinis R. Adm. P. Eustachii à Neapoli Ministri Almæ Observantium Provinciæ Terræ Laboris, ejusdemque renuntiatione dicti Ministeriatus Provincialis. = Capitulum Generale declaravit , *prout de jure actualem nempe Commissarium Provincialem R. P. Samuelem à Neapoli esse , & permanere Vicarium Provincialem ejusdem Provinciæ.*

SESSIO XI. MATUTINA.

Die 26. Maii.

DEclarat Capitulum Generale , ut in posterum tamquam leges habeantur sequentia edita sessione 13. matutina à Congregatione Generali Montis Alverniæ sub

H 2   dis

die 27. Maii anni 1765 , nempè

Declarat Congregatio Generalis , ut juxta laudabilem hujus Cismontanæ Familiæ consuetudinem, inclusiva, quam Patres concurrentes reportant in concursibus pro Lecturis , sive Generalibus , sive Provincialibus , valeat præcisè ad eas lecturas obtinendas, quæ intra anni unius Solaris tèmpus præcisè vacabunt post peractum concursum , servato tamen ordine majoris , vel minoris inclusivæ , atque in paritate votorum Filius Provinciæ semper præferri debeat.

Fratres , sivè propriæ , sivè alienæ Provinciæ recepti in Conventibus , qui sunt , & appellantur Recessus ac in Illis commorantes provideantur omninò tam in victu , quam in vestitu à Superioribus Localibus eorundem Conventuum.

Prohibet Congregatio Generalis , ne in Provincia S. Bernardini in Aprutio , tam Observantium , quam Reformatorum non nationales , & exteri adolescentes ad habitum Religionis admittantur sub pœna nullitatis. Concedit insuper omnibus, qui in eadem Provincia modo reperiuntur professi , ac in Aprutio nati non sunt, sed exteri sunt, & non nationales, ut invento benevolo receptore in quacumque Provincia Lombardicæ nationis recurrant ad Rmum. Commissarium Generalem pro incorporatione.

SESSIO XII. VESPERTINA.

Die 26. Maii.

I. SEcretarii actuales Provinciarum Observantiæ durante officio Patres præcedant, quos habituales vocant: Officio autem expleto inter Prædicatores aggregatos de numero ultimum habeant locum dummodo habeant requisita necessaria ad Definitoriatum obtinendum; quando autem hisce requisitis careant expectent locum sicut alii aggregati de non numero.

II. In suffragiis ferendis pro Novitiorum professione decernit Capitulum Generale Statuta Ordinis esse servanda. Itaque si major pars Fratrum Novitio suffragata non sit, omnino expelli debeat, neque liberum sit Provinciali Illum

Illum detinere , & hoc tam prima , quam secunda , & tertia vice, quibus suffragia sumuntur. Si vero tertia pars ei defecerit ; ejus receptio suspecta sit ; ac propterea Provincialis desuper admoneri debeat, qui omnibus bene perpensis, prout jura disponunt, secundum Deum providere curabit. Si autem laudabile testimonium suæ conversationis habuerit , & ultra duas ex tribus partibus suffragiorum retulerit , tunc de Generalis , vel Provincialis licentia, quæ semper scripto detur, ad professionem admitti poterit. Novitius autem, qui semel à Religione expulsus est , nec in ea Provincia , nec in alia admittatur.

III. Rationibus , ac momentis RR. Patrum de Definitorio Observantis Provinciæ SS. Septem Martyrum , lectis , ac maturè perpensis , Capitulum Generale decrevit, partitionem ejusdem Provinciæ in tres nationes ab ipsismet PP. pro eligendis in quolibet Provinciali Capitulo factam sub die 3. Mensis Februarii ann. 1765. exequendam non esse , & tamquam non factam haberi.

IV. Capitulum Generale decernit , ut in posterum Definitores Familiæ Observ. eligi non possint , nisi qui quatuor annis conciones habuerunt quotidianas in Ecclesiis Cathedralibus, vel Collegiatis insignibus , vel in suggestis Gene al bus Ordinis, aut qui Sacram Theologiam Scholasticam , sive Dogmaticam in studiis Generalibus , vel Provincialibus saltem docuerint.

SESSIO XIII. MATUTINA.

Die 27. Maii.

I. PRovincia Ragusina petiit. *Primo* : quod stante paucitate Sacerdotum , decernat Capitulum Generale , ne in posterum eligantur Ministri Provinciales, nisi qui Ex-Ministri sint, vel Lectores Jubilati, vel Lectores Generales, vel Ex-Custodes. *Secundo* : Neque eligantur in Custodes, & Definitores, nisi qui aut Lecturæ Artium cursum, aut Guardianatus officium in Ragusino principa-
lio-

:liori Conventu, aut Magistri Novitiorum munus laudabiliter expleverint : aut qui duodecim annorum spatio Guardiani fuerint in aliis Conventibus ; aut verbi Dei prædicatione diebus Quadragesimæ duodecim annis digne, & fructuose vacaverint. Ad Guardianatus autem officium adsumi debere illos tantum, qui studiorum cursum integre compleverint, aut adprobati sint ab Ordinario ad excipiendas sæcularium confessiones. *Tertio* : Ut decernat alternativam in electione Ministri Provincialis, Custodis, & Definitorum, hac lege, ut una vice eligi debeat Minister, & duo Definitores ex Patribus Ragusinis ; Custos autem cum duobus Definitoribus ex Patribus extraneis, & alia vice è converso. *Quarto* : Ut ipsi concedatur Magister Novitiorum ex aliena Provincia, quique expleto officio gaudeat privilegiis in sua Provincia concedi solitis. *Quinto*: Ut possit construere pannum subtilem pro æstivo tempore, & qui aliàs emi solet in domibus sæcularium; fiatque expressa prohibitio in tali casu, ne quis audeat uti alio panno, ab eo quem sibi Provinciæ lanificium subministrabit. *Sexto* : Ut sub pœnis præcipiatur, ne Clericis Ragusini Seminarii permittatur exitus ab Ipso, neque mansio in dormitorio communi, nisi penitus completum triennium expleverint. *Septimo*: Præoptat novam Guardiani Institutionem, & electionem pro valetudinariis, Fratribusque infirmis in Conventu S. Francisci Ragusii. *Octavo* : Postulat quoque à Capitulo Generali, ut in uno è Provinciæ Conventibus ad arbitrium Definitorii ejusdem Provinciæ strictior Introducatur Observantia cum Regulis, & Constitutionibus adprobatis à Summis Pontificibus Clemente VIII, & Innocentio XI. qui Conventus pro Novitiorum educatione inservire debeat, & si opus fuerit, Minister possit ad ejus regimen designare alienæ Provinciæ filium, prævia tamen quoad hoc Rmi. Ministri Generalis facultate. *Nono* : Attento Fratrum hujus Provinciæ parvo numero, necessarium existimat, ut non permittatur alicui illorum transitus ad alienam Provinciam, etiam studiorum causa absque pleni Definitorii consensu. *Decimo* tandem

pe-

petit, ut ad majus Provinciæ bonum decernat Capitulum Generale Guardianum ob urgentissimam causam de corpore Definitorii adsumptum, & virtute Decreti Generalis capituli 77. ita electum suffragari posse in omnibus electionibus, judiciis, & sententiis ad Definitorium spectantibus, quocumque alio statuto in contrarium non obstante.

Responsum Capituli Generalis fuit. = Ad primum: *Restrictivam in electionibus Capitularibus remittendam esse arbitrio, & zelo Rmi. P. Superioris Generalis.*

Ad secundum, *quoad electionem Custodum, Definitorum, & Guardianorum standum esse statutis.*

Ad Tertium, *digniores esse eligendos.*

Ad quartum, *juxta petita ad arbitrium Rmi. P. Ministri Generalis.*

Ad quintum, *rejiciendam esse omnino petitionem, & præcipiendum, ut in Provinciæ Lanificio construatur semper pannus consuetus unius speciei juxta Constitutiones Ordinis.*

Ad sextum: *Adprobandam esse determinationem factam pro seminario sub pœna suspensionis superioribus, qui aliter fieri permiserint.*

Ad septimum, *negative, quoad electionem scilicet Guardiani pro infirmis; sed tamen providendum de Religioso apto pro infirmorum cura sub directione Guardiani Conventus.*

Ad octavum, *admittendam esse petitionem, & laudandam. Quantum vero ad electionem Guardiani relinquendum arbitrio Rmi. P. Generalis.*

Ad nonum: *Affirmative.*

Ad ultimum, *consulendum esse Ministrum Generalem, à cujus arbitrio gratia pendet.*

I. Capitulum Generale explicando qualitates Prædicationis, aut Lecturæ memoratæ ad Definitoriatum, pro electione Ministri Provincialis retento statuto Romano anni 1639. quo eligi prohibetur, qui in Inferioribus officiis suæ ad regendum aptitudinis specimen non præbuerit, ejusdemque statuti retenta declaratione facta in Capitulo Romano ann. 1651. pro ampliori ejusdem rei expositione, ne-

neminem id specimen præbuisse, atque adeo in Provincialem eligi posse decernit, nisi vel sit Lector Jubilatus, vel sexennio Theologiæ Lector in studiis Generalibus, aut Provincialibus, vel Concionator Generalis, vel qui Patentibus Superiorum litteris ad legendam Theologiam declaratus, aut decennio Confessarius Monialium fuerit, aut sexennio Conventuum Novitiatus, Recollectionis, vel eorum, in quibus Theologiæ studium Generale, aut Provinciale vigeat Guardianus, vel tandem in aliis Superioribus officiis Religioni probè inserviendo, scientiam, & prudentiam ad gubernandum notorie ostenderit.

II. Instante R. Ministro Provinciali Reformatæ Provinciæ Mediolanensis pro mutatione sigilli justis de causis, = Capitulum Generale benigne annuit, *dummodò sigillum non concordet cum aliis.*

III. Custos Reformatæ Provinciæ S. Angeli petiit decisionem: An moriente Definitore unius districtus subrogari debeat antiquior Ex-Custos: an verò Custos ille, qui in Capitulo Generali suffragatus est, utpotè qui præcedentiam obtinuerit? = Pro qua decisione Capitulum Generale statuit *subrogandum esse Custodem antiquiorem, eo quia jus subrogationis spectat tantum ad digniorem.*

IV. Postulantibus RR. PP. Vocalibus Provinciarum Reformatarum Romæ, Mediolanensis, Marchiæ, & Terræ Laboris, an spectet subrogatio Patribus illius districtus, ex quo decessit Custos, vel Definitor, = Capitulum Generale decrevit *affirmativè*, *dummodo habeatur in Provincia legitima alternativa.*

V. Cum post tot datas sententias, quibus dno. Conventus Thoruno-Podgoviensis, & Uladislaviensis Reformatæ Provinciæ Prussiæ Marianæ adjudicati fuerunt, Provincia Reformata Poloniæ Majoris adhuc velit sibi acquiri eundem Conventum Thoruno-Podgoviensem: = Capitulum Generale, perpensis maturè momentis omnibus ex utraque parte adductis, statuit: *Standum esse in decisis, & amplius; ac imponendum esse utrique. Provinciæ perpetuum super hac re silentium, sub pœnis contra inobedientes, ac pa-*

cis

tis perturbatores à Statutis Generalibus inflictis.

VI. Quamvis Provincia Reformata S. Mariæ in Ungaria sit antiqua, & mater multarum Provinciarum, cum tamen in Constitutionibus Ordinis non legatur, locum unquam habuisse suprà dictas Provincias, nec unquam reclamasse; idcirco, stante longissima præscriptione, decernit Capitulum Generale, *nullam hac super re faciendam esse innovationem, ne lites in Provinciis excitentur.*

SESSIO XIV. VESPERTINA.

Eadem die 27. Maii.

I. AD controversias dirimendas in Provinciis, & præsertim Tusciæ decernit Capitulum Generale, ut in posterum recedendo à Statuto Victoriensi, Jubilatus anterior præcedat Jubilatum posteriorem, et si Iste sit anterior illo in Definitione, quacumque etiam consuetudine in contrarium non obstante.

II. Instante Studiorum Præfecto Provinciæ Ragusinæ, ut vacationes incipiant à die 14. Julii usque ad diem 8. Septembris, quemadmodum in omnibus ferè Provinciis fieri solet = Definitorium Generale hoc negotium relinquit arbitrio Rmi. Ministri Generalis.

III. Proposito dubio, ad quem spectet aggregatio inter aggregatos de numero, an Patri Ignatio de Villincino Provinciæ Mediolanensis Ex-Novitiorum Magistro, qui non curavit habere Patentales Litteras suæ aggregationis, vel P. Angelo Josepho à Mediolano ejusdem Provinciæ Ex-Chorista, qui posterior est in aggregatione. = Capitulum Generale decrevit, *aggregationem deberi P. Ignatio de Villincino, dummodo ipse habeat attestationes, quod prædictum officium laudabiliter expleverit.*

IV. Instantibus PP. Jubilatis non numerariis Provinciæ Principatus, ut sibi concedantur Socii bene visi ad decorem, & dignitatem ipsorum: = Capitulum Generale, justis de causis, respondit *negativè.*

V. Justæ petitioni P. Fr. Theophili à Petra Sancta

I   Pro-

Provinciæ Tusciæ exposcentis ut ob præclara sua facinora toti Provinciæ cognita, adnumeretur Inter PP. aggregatos quatuor super numerum : = annuens Capitulum Generale admittit petitionem ; ea tamen conditione, nimirum : *Si placeat Definitorio Provinciæ, quod in casu Litteras patentales obtenta gratia ad Oratorem mittat.*

VI. Decernit Capitulum Generale P. Josephum Mariam Pisauriensem Observantis Provinciæ Marchiæ Lectorem Jubilatum habere locum supra P. Hieronymum Sante Pisauriensem posteriorem ipso in Jubilatione, ut decisum est numero primo.

VII. Postulante P. Fr. Josepho Antonio à S. Romulo Observantis Provinciæ Romanæ, ut è Seminario Episcopali Aquipendii, ubi Theologiam docet, ubique multa patitur Incommoda, & fortassè cum periculo vitæ, instituatur Lector Generalis in Conventu Villtrarum suæ Provinciæ : = Capitulum Generale Inhærendo Decreto Mantuano, respondit *negativè.*

VIII. Minister Provinciæ S. Nicolai Barii postulat transferri studium Philosophicum ex Bario in Barletam propter majorem studentium profectum : = Capitulum Generale respondet, *Audiendum esse Definitorium Provinciale pro consensu, & facta deinde supplicatione ad Rmum. P. posse petitionem admitti.*

IX. Supplicantibus Ministris Provinciarum Terræ Laboris, Tusciæ, & Bononiæ, ut in Conventibus Montis Calvariæ, Lucæ, Liburni, & Ferrariæ concedantur Chori moderatores concedi soliti Conventibus principalioribus, cum eisdem privilegiis à Statutis præscriptis : = Capitulum Generale supplicationem admittit, dummodo habeatur consensus Definitorii Provinciæ.

SESSIO XV. MATUTINA.

Die 28. Maii.

I. **M**Ajor pars Definitorii cum Ministro Provinciali Provinciæ S. Joannis à Capistrano in Ungaria, pe-

petit alternativam bipartitam inter Germanos, Ungaros, & Sclavos ex una parte, & Illyros In Sclavonia, Sirmio, & Ungaria natos una cum Croatis ex altera parte ; & huic divisioni subscribunt RR. PP. Minister Provincialis actualis, Ex-Minister, & antiquior Definitor substitutus Ludovicus Selde, Joannes Velikanovide Definitores, & Benedictus Cebide Custos : ex adverso P. Emericus à quinque Ecclesiis Ex-Custos, & Definitor vellet quidem alternativam, sed tripartitam adinstar Provinciæ Marianæ juxta mandatum Augustissimæ Reginæ Ungariæ. Sed quia Ungari ex quibus tertia pars esset conficienda sunt adeo in numero pauci, ut vix triginta numerentur, proponit Illyros In Ungaria natos conjungendos esse cum præfatis Ungaris : = Quæ quidem momenta maturè perpendens Discretorium Generale decrevit, *inducendam esse bipartitam alternativam modo quo exponitur in supplici libello.*

II. Instante R. Ministro Provinciali Provinciæ S. Didaci, ut Archivia in tribus custodiis dispersa redigantur in unum, & reponatur in principaliori, & aptiori Conventu, Capitulum Generale præcipit Discretorio, & Definitorio Provinciali, ut conveniant ad determinandum aliquem Conventum, qui ipsis videatur aptior ; quique Conventus sit deinceps Caput ipsius Provinciæ, & de tali determinatione opportuno tempore certiorem reddant Rmum. P. Ministrum Generalem.

III. Ad lites, & quæstiones dirimendas, quæ pacem, & charitatem turbarunt in Reformatis Provinciis Poloniæ Minoris, & Russiæ, = Capitulum Generale decrevit *standum esse in decisis, & amplius : ac imponendum, uti re ipsa imponit bocce Decreto utrique Provinciæ perpetuum silentium sub pœnis &c.*

IV. Quod ad novam Statutorum Generalium Compilationem attinet, commendata Rmi. Auctoris, & Revisorum diligentia, sublatisque in præcedentibus Sessionibus variis dubiis ab eisdem excitatis, si alia supersint adhuc, vel occurrant, ut Opus undequaque absolutum quamcitius

I 2   tius

tjus (quod vehementer optamus) In lucem prodeat , pla-
cet ut Rmus P. Minister Generalis, cum consilio, & voto Patrum in Romana Curia apud se existentium,super his
deliberet. ☞ Definitorium enim Generale per suum com-
promissum se ad eos accedere, & deliberationi sic facien-
dæ consentire declarat.

SESSIO XVL MATUTINA.

Die 29. Maii.

EXaminatis raciotiniis eleemosinarum Generalium Commissariorum Terræ Sanctæ Familiæ Ultramontanæ
juxta votum Revisorum, Capitulum Generale laudandos
esse censet: & declarat Patres Commissarios Neapolis, Romæ , Vallis Mazariæ in Sicilia, Mediolani , Taurini , &
Tusciæ ; circa vero reliquos , Genuæ nimirum , Melitæ,
& Venetiarum , quos censura dignos judicarunt, suum
relinquit judicium Rmo. P. Ministro Generali, ut provideat
prout in Domino expedire videbitur : = Defuere computus
Messanæ in Sicilia. In Guardianum Hierusalem , & Custodem Terræ Sanctæ electus fuit R. P. *Aloysius à Baltia Provinciæ Reformatæ Corsicæ Lector Sacræ Theologiæ , ejusdemque Terræ Sanctæ actualis Præses.*

PRO PROCURATORATU IN CASU VACANTIÆ QUALIFICATI,
ET ADPROBATI FUERUNT SEQUENTES.

R. *Adm. P. Jacobus Antonius Tusculanus Lector Jubilatus,
.. Minister Provinciæ Romanæ , & Definitor Generalis.*
R. *Adm. P. Dominicus Blasce à Tabernis Lector Jubilatus,
& Ex-Definitor Generalis Provinciæ Calabriæ.*
R. *P. Dominicus Antonius à Caramanico Lector Jubilatus,
Ex-Minister , & Custos Provinciæ S. Bernardini.*

Pro Commissariatu Curiae.

R. P. *Didacus Garrigos Lector Jubilatus, Ex-Custos, &*
Minister Provincia Valentia.

R. P. *Joannes Dominguez Valera Lector Jubilatus, Minis-*
ter Provincia Sancti Michaelis in Extremadura.

R. P. *Jacobus del Sol Lector Jubilatus, & Minister Pro-*
vincia Canariarum.

Pro Procuratoratu Generali Reformatorum.

R. Adm. P. *Franciscus Antonius à Feltria Lector Emeritus,*
Minister Provincia S. Antonii Venetiarum, & Definitor
Generalis.

R. P. *Christophorus à Casali Lector Emeritus, & Ex-*
Minister Provincia Romana.

R. P. *Angelus à Procida Lector Theologus, Ex-Minister,*
& Custos Provincia Terra Laboris.

Pro Procuratoratu Discalceatorum, et Recollectorum.

R. P. *Vasuulphus Hielle Minister Provincia S. Andrea in*
Belgio.

R. P. *Raymundus Courreges Ex-Minister, & Custos Pro-*
vincia S. Antonii.

R. P. *Sulpicius Tialle Minister Provincia S. Francisci in*
Lugduno.

Propositis, & maturè consideratis quibusdam articu-
lis respicientibus œconomicam Conventuum administrationem, & Regularem Fratrum Disciplinam in utraque Me-
diolanensi Provincia, Observantium nempè, & Reformatorum, & respectivè in Provincia Mantuæ ex parte Regiorum Ministrorum Insubriæ Austriacæ, prævia Augustissimæ Imperatricis Ungariæ &c. Reginæ Mediolani, Mantuæ &c. adprobatione ad Capitulum Generale deductis. Decernit dandum esse articulorum exemplar earundem Pro-
vin-

vinciarum Ministris, eisdemque injungendum, prout re ipsa injungit, ut cum suis respective Definitoriis serio, solerterque agant de contentorum executione. Rogatque Definitorium Generale Rmum. P. Ministrum Generalem, ut nomine Generalis Capituli eisdem Regiis Ministris, ac per ipsos Sacrae Cesareo-Regiae Majestati perennes agat gratias pro sua erga. Ordinem nostrum benignitate, cura, & pietate, atque ad effectum praedictae executionis ubi, & quoties opus fuerit, auctoritatem, operamque suam paterna sollicitudine studioque impendat.

Regularem Disciplinam, Regulaeque nostrae Observantiam, ubi viget, retineri, ubi vero opus fuerit instaurari ex animo volentes, Provinciales Ministros, aliosque inferiores Praelatos hortamur, monemus, & In Domino requirimus, ut in hanc rem probatas nostri Ordinis leges omni diligentia servare, & servari curent, nominatim de Juvenum ad Ordinem admissione, & admissorum educatione, de studentium moribus, & disciplina, de Lectorum qualitatibus, ac de modo legendi, de tollenda Evagatione, de Oratione Mentali; seque, & subditos ita contineant, ut Deo fideles, Ecclesiae, & Reipublicae utiles, omnibus Christi bonus odor sint In omni loco. Pro firmiori autem Regulae, Statutorum, & bonarum consuetudinum custodia, renovato Statuto Toletano anni 1633. Ministri Provinciales sub officiorum privatione in omnibus Provinciarum Capitulis, & Congregationibus in pleno Definitorio specialem, & accuratam consultationem, & tractatum habere debeant de extirpatione abusuum, si qui irrepserint, deque disciplinae regularis conservatione, & promotione: ac de eisdem consultatione, & tractatu, factisque deliberationibus, Superiores Generales certiores reddere teneantur. Cumque In eandem rem plurimum conferat vigilantia Visitatorum prout olim factum in Capitulo Romano 1651. rogantur Superiores Generales, ut in eorum delectu pro sua in Deum pietate omne studium adhibere velint, ac tales eligant, qui probitate, scientia, verbi, & exempli praestantia ad

vi-

visitationèm piè , utiliterque obeundam , vel maximè Idonei sint , quique zelo Dei constitutas poenas à transgressoribus exigere non reformident.
.. Propositio facta ab Illmo. &. Rmo. Domino Archiepiscopo Valentino die 28. Maii vesperi coram pleno Definitorio ; & Capitulo Generali in Refectorio , circa quam Discretorium Generale decernet : An locus esse possit, necne, discussioni , & examini , eo quod res isthæc jam à Summo Pontifice sit constituta?

PROPOSITIO.

AN Custodes debeant venire , vel non ad Capitulum Generale futurum? Calculum album affirmat , nigrum negat : = Ita est Doctor Joannes Puig, Secretarius. Discretorium Generale in aula hujus Conventus congregatum censet : Non esse locum discussioni , & examini Brevis Pontificii ; circa propositionem supra expositam RR. Adm. PP. Discretorii Portugalliæ dicunt se non posse sine licentia Fidelissimi Regis in hoc negotium suffragium ferre. = Ita est Fr. Antonius Soteras , Secretarius Discretorii Familiæ Cismontanæ. = Ita est Fr. Bernardinus à Tusculo , Minister Provinciæ Reformatæ Romanæ, & Secretarius Discretorii Generalis Familiæ Ultramontanæ Reformatorum. = Ita est Fr. Petrus Regalatus à Mirabelis, Minister Observ. Provincia S. Angeli Familiæ Ultramontanæ, & Secretarius Discretorii Generalis.
Definitorium Generale utriusque Familiæ Cismontanæ , & Ultramontanæ Ordinis Minorum in Bibliotheca Conventus ejusdem, S. Francisci Valentiæ die 29. Maii 1768. congregatum circa prædictum negotium unanimi consensu , ac nemine discrepante , accedit, & subscribit supradictæ sententiæ Discretorii Generalis, nullumque esse locum dictæ discussioni, sed SS. D. N. Papæ Clementis XIII. Breve, quod incipit : *Quæcumque ad majorem* , de perpetua exclusione Custodum à Capitulis Generalibus futuris , omni veneratione accipiendum,

retinendum, atque observandum esse censet, adprobat, & decernit, maximè ob rationes sequentes, quas Patres in causam proposuere. = Primum nempe quod Custodes hodierni Provinciarum, qui cum eorum Ministris ad Comitia Generalia conveniebant, non sunt planè Custodes illi, qui in Regula Fratrum Minorum nominantur; nam de istis in eadem Regula dicitur: *Quod possint Fratres suos ad Capitulum convocare, & quod sollicitam curam gerant de Fratribus vestiendis, & de infirmis Fratribus curandis,* quorum alterum hodierni Custodes facere non possunt, alterum facere sine querela negligunt. Deinde est in Regula, *quod decedente Ministro Generali, electio Successoris fiat à Ministris Provincialibus, & Custodibus.* Jam verò citra omnem repugnantiam, ac Regulæ dispensationem, ex Ordinis Statuto, ac sanctæ Sedis confirmatione, ob mortem Ministri Generalis, electio Successoris non fit amplius à Ministris, & Custodibus. Quidni ergò potuerit Summus Pontifex Custodes à Capitulo Generali excludere, cum ob finem officii novus Minister Generalis eligendus est? Præterea frustra requiritur in causa suffragium à Provinciarum Definitoriis, ac Discretoriis, cum Provinciæ omnes ipso facto hac in re consentientes Breve Pontificium executioni mandarint mittentes ad Capitulum Generale Valentinum solos Ministros, vel ipsis impeditis, solos Custodes. = Denique cum SS. D. N. Papa Clemens XIII. non tantum Breve suum speciale de Custodibus Provinciarum excludendis ad observandum solemnibus clausulis toti Ordini nostro proposuerit; verum etiam reclamantes nonnullos Custodum aliquorum nomine repulerit, ac supplici eorum libello sua manu rescripserit. = *Relatum*: id quod est Breve suum Apostolicum apertissimè confirmasse: Idcirco temeritatis apicem tangeret Generale Capitulum, si Papæ hac in causa judicium rursus dijudicandum suscipere, vel ejus Pontificiæ determinationi, Regum, ac Principum placito ad exequendum munitæ, vel tantillum repugnare, aut tergiversari videretur. Has itaque ob rationes Definitorium Generale universum

sum in sententiam Discretoril Generalis utriusque Familiæ concedit, ac laudatum Breve Summi Pontificis de excludendis Custodibus à Capitulis Generalibus futuris, prout
in ipso habetur, sustinendum, ac toti Ordini observandum esse mandat, atque decernit.

Sequuntur Subscriptiones.

Ita est Fr. Paschalis à Varisio, Minister Generalis.

Ita est Fr. Petrus Joannetius de Molina, Ex-Minister Generalis immediatus.

Ita est Fr. Clemens à Panormo, Discretus perpetuus totius
Ordinis.

Ita est Fr. Antonius Abian, Commissarius Generalis Familiæ
Cismontanæ.

Ita est Fr. Joseph Maria de Vedano, Ex-Commissarius Generalis immediatus.

Ita est Fr. Antonius Joannes de Molina, Ex-Commissarius
Generalis Familiæ.

Ita est ego Fr. Eustachius de Neapoli, Procurator Generalis
Ordinis.

Ita est Fr. Joannes Bermudez de Castro, Commissarius Generalis Curiæ.

Ita est Fr. Carolus Antonius de Samocleva, Procurator Generalis Reformatorum.

Ita est Fr. Anselmus Lorete, Procurator Generalis Discalceatorum, & Recollectorum.

Ita est Fr. Gregorius de Marsalia, Immediatus Curiæ Commissarius.

Ita est Fr. Joannes Lutre, Ex-Procurator Generalis Discalceatorum, & Recollectorum.

Ita est Fr. Leander Laegmair, Definitor Generalis.

Ita est Fr. Claudius à Lauda, Definitor Generalis.

Ita est Fr. Dominicus à Panormo, Definitor Generalis.

Ita est Fr. Joannes Rusiiecki, Definitor Generalis.

Ita est Fr. Franciscus Antonius à Feltria, Definitor Generalis.

Ita est Fr. Antonius à Salandra, Definitor Generalis.

K   Ita

Ita est Fr. Jacobus Antonius Tusculanus , Definitor Generalis.
Ita est Fr. Joannes Dominicus de Solerio , Definitor Generalis.
Ita est Fr. Franciscus Maria ab Alaxio , Definitor Generalis.
Ita est Fr. Franciscus Suarez , Definitor Generalis.
Ita est Fr. Gregorius Seiz , Definitor Generalis.
Ita est Fr. Franciscus Xaverius à S. Anna , Definitor Generalis.
Ita est Fr. Basilius Dubois de la Vaud , Definitor Generalis.
Ita est Fr. Antonius à Consuegra , Definitor Generalis.
Ita est Fr. Bonaventura Deunie , Definitor Generalis.
Ita est Fr. Emmanuel à Cœnaculo , Definitor Generalis.
Ita est Fr. Dominicus Daillet , Definitor Generalis.
Ita est Fr. Bertrandus Piekd , Definitor Generalis.
Ita est Fr. Josephus Marin , Definitor Generalis , & Capituli
Secretarius pro Família Cismontana.
Ita est Fr. Joannes Baptista à Scylla , Definitor Generalis , &
Secretarius pro Família Ultramontana.

Infrascripti Secretarii Definitorii Generalis utriusque Familiæ fidem facimus, & testamur Rmum. P. Placidum Pinedo Commissarium Generalem Indiarum in Curia Matritensi , ex quo interfuit electionibus Ministri Generalis, & Commissarii Generalis Familiæ , se excusasse ab assistentia in Definitoriis propter infirmitatem , qua usque nunc laborat; ideòque neque ultimæ Sessioni interesse potuit, nec interfuit , & sic nec subscripsit actis omnibus cum cæteris Definitorii Patribus: in quorum fidem ita subscribimus in hoc Regali Conventu Valentiæ S. P. N. Francisci Observantium , die 29. Maii anni Domini 1768.

Ita est Fr. Josephus Marin , Definitor Generalis , & Capituli
Secretarius.
Ita est Fr. Joannes Baptista à Scylla , Definitor Generalis , &
Definitorii Generalis Secretarius.

Hæc Acta transcripta sunt ex Originalibus , cum quibus concordant de verbo ad verbum , in quorum fidem &c. hac die 25. Julii 1768.

CLE-

CLEMENS PP. XIII.

AD FUTURAM REI MEMORIAM.

QUæcumque ad majorem regularis disciplinæ observantiam, & Religiosorum Ordinum commodum, &
incrementum, nec non pacem, concordiamque inter quoscumque Christifideles sub suavi Religionis jugo
mancipatos confirmandam, procurandamque, in Domino
conspicimus profutura, eadem quo salubrius promoveant-
tur, & promota felicius sratuantur, ac statuta perennius per-
sistant, supremas Apostolicæ procurationis nostræ partes li-
benti animo interponere non dedignamur. Exponi siquidem Nobis nuper fecit dilectus filius Petrus Joannetius de
Molina Minister Generalis Ordinis Fratrum Minorum S.
Francisci de Observantia nuncupatorum; quod, licèt transactis temporibus à tunc existentibus Superioribus Generalibus ipsius Ordinis pluries animo perpensa fuerint incommoda, dissidia, dissensiones, jurgia, ac discordiæ,
quæ manifestè oriebantur, nec non magni momenti sumptus, quos Ordo ipse, & illius Provinciæ omnes facere co-
gebantur, ex magno Vocalium numero, qui ad Comitia
Generalia dicti Ordinis pro ferendis eorum respectivè suffragiis confluebant, ascendentium ad trecentos quinqua-
ginta Vocales, quando omnes adventabant, licet id rarò
accideret, quippe qui aliqui ex illis in itinere in morbum
incidebant, aut ab hac luce migrabant, seu antequam
convaluissent, tempore debito ad Comitia Generalia accedere nequibant, de præsenti verò illorum numerus ad
trecentos ascendit, & frequenter excedit, prout in Capitulo Generali in Alma Urbe nostra Anno MDCCL. habito trecenti, ac decem, & novem Vocales numerati fuerunt, ac ad nuperum Capitulum Generale in proximè elapso Anno Mantuæ celebratum, trecenti, & octo Vocales
accesserunt, præter, & ultra alios Socios, & Tertiarios,
qui ad quamplurimos Officiales, aliosque inservientes in

K 2   præ-

præmissis necessarios conjuncti , magnam confusionem, non sine gravi, tum in Spiritualibus, tùm in Temporalibus, tàm totius Ordinis in generali, quàm illius Provinciarum in particulari detrimento, afferre solent ; nihilominus nullum remedium attulerint. Præmissa autem omnia Dilecti filii moderni Definitorium, seu Discretorium Generale utriusque Familiæ Cismontanæ , & Ultramontanæ nuncupat. memorati Ordinis, in dicto Capitulo Generali ultimo loco habito canonicè electi maturè perpenderunt, quo hisce incommodis consulerent , & sumptus, quos Ordo prædictus pro celebratione Comitiorum Generalium de necessitate subire oportet , evitare valerent, eó magis, quod ære alieno pro celebratione dicti Capituli Generalis quatuor millium Scutorum monetæ Romanæ gravatus remanet, in unum congregati suum pro diminutione Vocalium , qui ad Comitia Generalia ipsius Ordinis pro tempore habenda, accedere debebunt, Decretum ediderunt tenoris sequentis, videlicet. . . . . Ad evitandas gravissimas expensas, aliaque incommoda, quæ ex multiplicitate Vocalium eorumque Sociorum ad Capitula Generalia nostri Ordinis confluentium hactenus experti sumus , & in dies experimur , decernit Definitorium Generale supplicandum esse Sanctissimo pro ipsorum diminutione , ita quod (præter Patres Rml. Definitorii, & Custodes Regiminis Custodiarum) ex unaquaque Provincia in posterum unus tantum Vocalis accedat, Minister nempè Provincialis, si possit ; & illo sese excusante, vel legitimè impedito, Custos, qui tantummodo secum Tertiarium deferat: Discreti autem Generales unum Socium vel Sacerdotem , vel Laicum, cum Tertiario. Atque hoc Decretum idem Definitorium Generale mandat Capitularibus Actis esse inserendum. Dat. Mantuæ in Capitulo Generali die VI. Junii MDCCLXII. Fr. Petrus Joannes de Molina Minister Generalis. = Ita est Fr. Clemens de Panormo Minister Generalis immediatus = Ita est Fr. Paschalis à Varisio Commissarius Generalis. = Ita est Fr. Antonius Joannes de Molina Ex-Commissarius Generalis immemediatus. = Ita est Fr. Joannes Antonius à S. Cruce Discretus perpetuus. = Ita est Fr. Joannes Alfaro Coronada Procurator Generalis Ordinis. = Ita est Fr. Gregorius à Marsalia Commissarius Generalis Curiæ. = Ita est Fr. Carolus à Golleono Procurator Generalis Reformatorum. = Ita est Fr. Joannes Lutre Procurator Generalis Discalceatorum, & Recollectorum. = Ita est Fr. Anacletus à Roma Ex-Procurator Generalis Ordinis. = Ita est Fr. Franciscus Daniel Gricourt Definitor Generalis. = Ita est Fr. Marinus Barbè Definitor Generalis. = Ita est Fr. Antonius de Alcoba Definitor Generalis. = Ita est Fr. Joannes à Sancta Maria, & Lema Definitor Generalis. = Ita est Fr. Augustinus Fournier Definitor Generalis. = Ita est Fr. Joannes Baptista Servera Definitor Generalis. = Ita est Fr. Petrus Otero Definitor Generalis. = Ita est Fr. Joseph Maria de Vedano Definitor Generalis. = Ita est Fr. Bernardinus à Panormo Definitor Generalis. = Ita est Fr. Syrus à S. Georgio Definitor Generalis. = Ita est Fr. Venustianus Hiebel Definitor Generalis. = Ita est Fr. Franciscus Przylæchi Definitor Generalis. = Ita est Fr. Thomas Hyacinthus ab Asculo Definitor Generalis. = Ita est Fr. Bonaventura ab Assano Definitor Generalis. = Ita est Fr. Dominicus Blasço à Tabernis Definitor Generalis. = Ita est Fr. Cherubinus à Roma Definitor Generalis. = Concordat cum Originali existente in hoc Archivio Araccœlitano generali. Fr. Fortunatus de Roma Lector Jubilatus, & Archivii Custos. Loco ✠ Signi. = Cum autem, sicut eadem expositio subjungebat, dictus Petrus Joannetius Minister Generalis, nomine etiam dicti Definitorii ; seu Discretorii Generalis, quo unanimi consensu confectum Decretum firmius subsistat, & servetur exactius, suumque sortiatur effectum (non obstante quod in Sext. Decret. lib. 5. tit. 11. *De Verborum significatione*, cap.3. *Exiit qui seminat*, ubi fel. rec. Nicolaus PP. III. Prædecessor noster exposuit Regulam ejusdem Sancti Francisci, hæc verba habeantur. = Insuper dubitantibus Fratribus prædicti Ordinis, an pro eo quod in Regula dicitur, ut decedente Generali Ministro à Provincia-

li-

libus Ministris, & Custodibus in Capitulo Pentecostes fiat
electio Successoris, omnium Custodum multitudinem opor-
teat ad Generale Capitulum convenire, aut (ut omnia cum
majori tranquillitate tractentur ;) sufficere possit, ut aliqui de singulis Provinciis, qui vocem habeant aliorum,
intersint : taliter respondemus, ut scilicet singularum Provinciarum Custodes unum ex se constituant, quem cum
suo Provinciali Ministro pro se ipsis ad Capitulum dirigant, voces, aut vices suas committentes eidem, quod
etiam constituerint per se ipsos. Statutum hujusmodi dixi-
mus approbandum. Quod idem Prædecessor noster Gregorius IX. in casu hujusmodi dicitur respondisse. = Hác-
tenus dictus Nicolaus ann. MCCLXXVII. hanc reductio-
nem Vocalium fecit, quando idem Ordo triginta solùm
numerabat Provincias, & S. Bonaventura dicti Ordinis regimen explere pergebat, & ipsamet dispositio in ipso Ordine vigebat ; & subinde rec. mem. Leo PP. X. Prædecessor fildem noster in sua Constitutione incipien. = Ite &
vos in vineam meam, &c. Dat. Romæ apud S. Petrum
Anno Incarnationis Dominicæ millesimo quingentesimo decimo septimo, quarto Kal. Junii, Pontificatus sui Anno
quinto, paragrapho sexto. = Electio verò Successoris,
(nempè Ministri Generalis) fieri debeat à solis Ministris
Provincialibus, & Custodibus Reformatis tàm Cismonta-
ris, quàm Ultramontanis, in Capitulo Generali sæpedicti Ordinis in festo Pentecostes, in loco, quem Minister
Generalis cum Capitulo Generali proximo præcedenti du-
xerint assignandum, ad quod Capitulum omnes Ministri,
& Custodes, sive Vocales tàm Cismontani, quàm Ultra-
montani accedere teneantur ; Apostolicæ Confirmationis
nostræ patrocinio communiri summopere desideret ; Nos
piis ejusdem Petri Joannetii Ministri Generalis, ac Discretorii, seu Definitorii Generalis hujusmodi votis, hac in
re, quantum cum Domino possumus, favorabiliter annue-
re volentes, ac eorum singulares personas à quibusvis Ex-
communicationis, Suspensionis, & Interdicti, aliisque Ecclesiasticis sententiis, censuris, & pœnis à jure, vel ab
                                                      ho-

homine quavis occasione., vel causa faris , si quibus quomodolibet innodatæ existunt, ad effectum præsentium tantum consequendum, harum serie absolventes, & absolutas fore censentes supplicationibus , eorum nomine Nobis super hoc humiliter porrectis inclinati, audito etiam dilecti filii nostri Hieronymi S. R. E. Diaconi Cardinalis, Columnæ nuncupati, dicti Ordinis apud Nos, & Apostolicam Sedem Protectoris voto, qui omnes ipsius Ordinis Superiores in Alma Urbe nostra prædicta degentes, vulgò, ut dicitur, *Officiales Curiæ* nuncupatos, confirmationi supradicti Decreti assentientes esse comperilt, præinsertum Decretum Discretorii, seu Definitorii Generalis hujusmodi, ac omnia , & singula in eo contenta, & expressa, non obstante dicti Leonis Prædecessoris Constitutione, quam quoad declarationem, & assignationem Vocalium ad Capitula Generalia factam, dumtaxat Auctoritate Apostolica revocamus, cassamus., & annulamus, in reliquis verò firmis remanentibus omnibus in ea contentis, & expressis, illam observari debere volumus, & declaramus, Auctoritate Apostolica tenore præsentium confirmamus, & approbamus, illique inviolabilis Apostolicæ firmitatis robur adjicimus, omnesque, & singulos juris, & facti, etiam substantiales defectus, si qui desuper intervenerint supplemus, & sanamus. Decernentes easdem præsentes Litteras semper validas,& efficaces existere, & fore, suosque plenarios, & integros effectus sortiti, & obtinere, ac illis ad quos spectat, & pro tempore quandocumque spectabit, plenissimè suffragari, & ab eis respectivè inviolabiliter observari ; sicque in præmissis per quoscumque Judices Ordinarios, & Delegatos, etiam Causarum Palatii Apostolici Auditores judicari, & definiri debere, ac irritum, & inane, si secus super his à quoquam, quavis auctoritate scienter ; vel ignoranter contigerit attentari. Non obstante ; quàtenus opus sit, nostra, & Cancellariæ Apostolicæ Regula de jure quæsita non tollendo, ac Gregorii, Nicolai, & Leonis, aliorumque Romanorum Pontificum Prædecessorum nostrorum Constitutionibus, & Ordinationibus,

bus , ac Ordinis hujusmodi , & illius Provinciarum etiam juramento , confirmatione Apostolica , vel quavis firmitate alia roboratis Statutis , & consuetudinibus ; Privilegiis quoque , indultis , & Litteris Apostolicis in contrarium præmissorum quomodolibet concessis , confirmatis , & innovatis : Quibus omnibus , & singulis , illorum tenores præsentibus pro plenè , & sufficienter expressis , ac de verbo ad verbum Insertis habentes , illis aliàs in suo robore permansuris , ad præmissorum effectum hac vice dumtaxat specialiter , & expressè derogamus , cæterisque contrariis quibuscumque. Volumus autem , quod præsentium Litterarum transumptis , seu exemplis etiam Impressis , manu alicujus Notarii publici subscriptis , & Sigillo Personæ in Dignitate Ecclesiastica constitutæ , vel Procuratoris Generalis dicti Ordinis munitis , eadem prorsus fides in judicio , & extra illud adhibeatur , quæ adhiberetur ipsis præsentibus , si forent exhibitæ , vel ostensæ. Dat. Romæ apud S. Mariam Majorem sub Annulo Piscatoris die V. Januarii MDCCLXIII. Pontificatus nostri anno quinto. = S. Card. Antonellus.

Don Ignacio Esteban de Higareda , del Consejo de S. M. su Secretario , y Escribano de Camara mas antiguo, y de Gobierno del Consejo :

Certifico , que por el Reverendo, y devoto Padre Fr. Pedro Juan de Molina , General de todo el Orden de S. Francisco , se presentó en el Consejo en nueve de este mes un Breve de su Santidad , su fecha cinco de Enero de mil setecientos sesenta y tres , expedido en conformidad de una Acta del Capitulo, que celebró su Religion en Mantua , reduciendo el numero de Vocales , que de las diferentes Provincias deben asistir à el Capitulo General : Y haviendose visto por los Señores del Consejo , teniendo presente lo expuesto en el asunto por el Sr. Fiscal ; por Auto que proveyeron en once de este mes (entre otras cosas) concedieron el pase al citado Breve, para que se use de él , con tal , que en adelante no se pueda minorar

el

el número de Vocales, ni alterar la forma actual, activa,
y pasiva de los Generales, y Comisarios Generales de las
dos Familias, ni prorogarse el tiempo de la duracion de
estos oficios, ni hacerse otra novedad, sin el asenso de
S. M. y del Consejo en asunto de esta clase. Y para que
conste donde convenga, doy la presente Certificacion en
Madrid á veinte y quatro de Febrero de mil setecientos
sesenta y ocho. = Don Ignacio de Higareda.

Don Pedro Luis Sanchez, Secretario del Rey N. Sr.
y de Gobierno, y Acuerdo de esta su Corte, y Audiencia, que reside en la Ciudad de Valencia, y Regidor perpetuo de la misma, &c. Certifico, que habiendose pre-
sentado en el Real Acuerdo celebrado extraordinario hoy
dia de la fecha, la Certificacion que antecede, con el Breve que expresa, con asistencia, y concurrencia del Sr. Fiscal, fue acordado se cumpla, y guarde lo resuelto por
el Consejo, segun, y en la forma que lo expresa dicha
Certificacion; y dexando copia de ella, y del Breve, se
vuelva original con Certificacion de esta Resolucion. Como todo lo referido es de ver del Libro de dicho Real
Acuerdo, que está en la Secretaría de mi cargo, á que me
remito. Y para que conste doy la presente, que firmo en
Valencia á dos de Mayo de mil setecientos sesenta y ocho
años. = Don Pedro Luis Sanchez.

Es copia del original Breve, de la Certificacion, y su
cumplimiento, que por Decreto del Real Acuerdo de cinco de
Mayo de mil setecientos sesenta y ocho se han mandado im-
primir, y que á sus traslados impresos, firmados por mí, se
les dé la misma fé, y credito, que á su original: de que
certifico yo Don Pedro Luis Sanchez, Secretario del Rey
N. Sr. y de Acuerdo, y Gobierno de esta Audiencia. = Don
Pedro Luis Sanchez.

DON

DON CARLOS, POR LA GRACIA DE DIOS, Rey de Castilla, de Leon, de Aragon, de las dos Sicilias, de Jerusalen, de Navarra, de Granada, de Toledo, de Valencia, de Galicia, de Mallorca, de Sevilla, de Cerdeña, de Córdoba, de Córcega, de Murcia, de Jaen, Señor de Vizcaya, y de Molina, &c. A vos los Capitanes Generales del Reyno de Valencia, Principado de Cataluña, y á todos los Corregidores, Asistente, Gobernadores, Alcaldes Mayores, y Ordinarios, y otros Jueces, Justicias, Ministros; y personas de todas las Ciudades, Villas, y Lugares de estos nuestros Reynos, y, Señorios; y á los RR. PP. Provinciales, Guardianes, Presidentes, Vicarios de las Provincias del Orden de Menores de San Francisco de Cartagena, Cataluña, Valencia, y de San Juan Bautista de Descalzos, y demas Religiosos de ellas, á quienes lo contenido en esta nuestra Carta tocáre, ó tocar pueda en qualquier manera, salud, y, gracia. SABED: Que por el R. y devoto P. Fr. Pedro Juan de Molina, Ministro General del Orden de San Francisco, se nos representó, que siendo uno de los principales cuidados que tenia, y debia tener, que en el Capitulo de su Religion, convocado para la proxima Vigilia de Pentecostes, dia veinte y uno de Mayo de este año, en la Ciudad de Valencia, no huviese la menor inquietud; ni con motivo del ingreso de muchos Vocales estrangeros, que deben acudir á él, se introdujesen con el disfráz del Habito de su Orden, personas, y sugetos que no fuesen Religiosos de ella, ni tales Vocales legitimos, con desagrado nuestro, y con peligro de turbacion de la tranquilidad pública; havia dispuesto las Letras-Patentes, que presenta, dirigidas á evitar estos inconvenientes con los mandatos, y providencias que en ellas se contenian; y nos suplicó, que siendo de nuestra superior aprobacion, fuesemos servido corroborarlas con una oportuna Auxiliatoria, para en caso que fuese necesario acudir al auxilio del brazo seglar; y el tenor de las citadas Letras-Patentes es el siguiente:

Le-

Letras-Patentes.

Fr. Pedro Juan de Molina , Lector de Sagrada Theologia , Theologo de S. M. C. en la Real Junta por la In-
maculada Concepcion de nuestra Señora , segunda vez
Ministro General de todo el Orden de Menores de N. P.
San Francisco, y Siervo. A los RR. PP. Provinciales,
Guardianes, Presidentes , y Vicarios de nuestras Provincias de Cartagena, Cataluña , Valencia, y de San Juan
Bautista de Descalzos , y demás Religiosos de ellas, á
quienes las presentes toquen, y puedan de algun modo
tocar , salud, y paz en nuestro Señor Jesu-Christo. Por
las presentes hacemos memoria á VV. PP. y RR. de lo
que tenemos prevenido , y ordenado por nuestras Cir-
culares Convocatorias del proximo Capitulo General, expedidas en veinte y seis de Octubre del año pasado de
mil setecientos sesenta y seis , en que á fin que tenga su
debido cumplimiento lo acordado en el ultimo Capitulo
General de Mantua, y aprobado, y confirmado por nuestro Santisimo Padre Clemente XIII. en punto de minorar el excesivo numero de Vocales de los Capitulos Generales, no solo intimamos á todos los Religiosos no Vocales precepto para no venir á Capitulo General, ni sa-
lir con esa mira , ó pretexto de sus Provincias, baxo las
penas de apostasia gravisima , y demas contenidas en
nuestras Leyes contra los inobedientes , y rebeldes; si-
no que á los Vocales les mandamos arregladamente á
lo decretado por la Orden, y confirmado por la Silla
Apostolica , y les imponemos el siguiente mandato : *Ut
decretum supra relatum in postremo nostro Generali Capitulo editum, confirmationisque Apostolice patrocinio communitum ; integrum suum sortiatur effectum , sub pœna privationis suffragii absque ulla indulgentia spe subeunda preci-
pimus , ut uniuscujusque Provincie Minister (vel respectivè Custos) ad decreti ejusdem normam , atque proscriptum
tantummodò suum Tertiarium deferat : Discreti autem Generales unum socium, vel Sacerdotem , vel laicum cum Tertiario.* Estos mismos mandatos reiteramos , y confirma-
- mos

mos por estas nuestras Letras. Y hechos cargo de algunos sucesos acontecidos en estos Reynos , mucho despues de la expedicion de las citadas Convocatorias , que exigen toda nuestra vigilancia, y cuidado, para que con ocasion de la entrada en ellos de los Vocales de nuestra Orden de las Naciones estrangeras , no se introduzcan personas sospechosas, y que no pueden , ni deben entrar en España, sin grave deservicio del Rey nuestro Señor: deseando, como deseamos, cumplir con la gravisima obligacion de leales, y reconocidos Vasallos, y que por ningun modo falte ninguno de nuestros Subditos por negligencia, ni por inadvertencia á quanto pertenece á su Real servicio; prevenimos, y encargamos, y mandamos á VV. PP. y RR. las cosas siguientes.

I. Que todos los Guardianes, Presidentes, ó Vicarios examinen con todo rigor, si los Vocales, que llegan á sus Conventos, nombrandose tales, lo son en realidad, y si son Provinciales, ó Custodios ; y siendo Custodios, si trahen las Letras correspondientes, en que conste venir por impedimento de sus respectivos Provinciales; y en caso de alguna duda, avisarán prontamente á sus Provinciales, proponiendola, y esperando su resolucion; asegurando en su Convento á los Vocales, y Compañeros sobre quienes ocurriese la duda; y los RR. PP. Provinciales determinarán lo que hallen ser justo, y arreglado á nuestras Leyes, y á lo prevenido en nuestras Convocatorias, y en estas nuestras Letras; y nos darán pronto aviso de lo ocurrido, y de su resolucion.

II. Mandamos por santa obediencia, y só pena de privacion de sus oficios *ipso facto* á los PP. Guardianes, Presidentes, y Vicarios, que gobiernen actualmente el Convento, que no permitan pasar adelante ningun Religioso llamado Vocal, que no sea de los expresados, y llamados en nuestras Convocatorias, aunque aleguen serlo por gracia, ó por indulto de qualquiera Superior ; y le asegurarán en su Convento, remitiendonos el Indulto, para ver si es, ó no admisible, y legitimo; siendo cierto to que de ninguno se nos ha dado noticia; y teniendola segura de que nuestro Santisimo Padre ha estado, y está muy firme en que subsista, y se observe su Breve, y Constitucion de cinco de Enero de mil setecientos sesenta y tres, á que son uniformes nuestras Convocatorias.

III. Igualmente mandamos baxo las mismas penas, que no dexen pasar adelante ningun Compañero Religioso, Sacerdote, Lego, ni Terciario contra el numero señalado arriba, y en las Convocatorias muchas veces dichas: y demás de esto observen con exquisito cuidado el porte de los Compañeros, y si verdaderamente son Religiosos de nuestra Orden, ó Donados criados en ella, reparando en su modo de hablar, de hacer las ceremonias acostumbradas en la Orden, si tienen Instruccion en nuestra Regla, y estado, y noticia de las Provincias de donde vienen, para lo qual se valdrán los Provinciales, y Guardianes de los Religiosos mas advertidos, que haya en sus Conventos: y los PP. Provinciales destinarán algunos á este fin á los Conventos de la Costa, si no hallasen en alguno de ellos de los habiles para el fin dicho. Y prevenimos á todas VV. PP. y RR. que en el cumplimiento de estos nuestros mandatos, y aplicacion de las penas, serémos inexorables. Los RR. PP. Provinciales de dichas quatro Provincias harán publicar estas nuestras Letras en los Conventos Capitales de sus Provincias, y en todos los de la Costa, desde Cartagena hasta Figueres en Cataluña, que nó disten mas de ocho leguas del Mediterraneo. En todos los quales se registrarán para tenerlas presentes, y observarlas á la letra. Y si se ofreciere necesidad, puedan invocar el auxilio del brazo secular, acudiendo á los Excelentisimos Señores Capitanes Generales de Cataluña, y Valencia, y demás Justicias inmediatas. Damos á VV. PP. y RR. la Serafica bendicion. Dadas en nuestro Convento de N. P. San Francisco de Madrid en nueve de Febrero de mil setecientos sesenta y ocho. Fr. Pedro Juan de Molina, Ministro General. Por mandado de su P. R. Fr. Joseph de San Pedro de Alcantara, Secre-

ta-

tario General de la Orden. Y visto por los del nuestro Consejo, con lo que sobre ello expuso el nuestro Fiscal; por Auto que proveyeron en once de este mes, entre otras cosas, se acordó expedir esta nuestra Carta. Por la qual os mandamos á vos dichos Capitanes Generales, Gobernadores, y demás Justicias de estos nuestros Reynos, que siendoos presentada esta nuestra Carta, veais las Letras-Patentes, expedidas por el R. y devoto P. Fr. Pedro Juan de Molina, General de todo el Orden de San Francisco, en nueve de este mes, que van insertas; y en la parte que os toque, para que tenga puntual cumplimiento lo que por ellas se dispone, prestaréis al referido P. General el auxilio que os pidiere, y sea preciso para el fin insinuado. Y encargamos á los PP. Provinciales, Guardianes, Presidentes, y Vicarios de las expresadas Provincias de Cartagena, Cataluña, Valencia, y San Juan Bautista de Descalzos, y demás Religiosos de ellas, guarden, cumplan, y executen las citadas Letras-Patentes en todo, y por todo, segun, y como en ellas se contiene, sin permitir su contravencion en manera alguna, pena de nuestro desagrado, y de proceder contra qualesquier contraventor á lo que haya lugar: por convenir asi al servicio de Dios, al nuestro, y al de la misma Orden, y ser nuestra voluntad. Dada en Madrid á veinte y quatro de Febrero de mil setecientos sesenta y ocho. El Conde de Aranda. Don Rodrigo de la Torre. Don Simon de Anda. Don Gomez de Tordoya. Don Agustin de Leyza Eraso. Yo Don Ignacio Esteban de Higareda, Secretario del Rey nuestro Señor, y su Escribano de Camara, la hice escribir por su mandado, con acuerdo de los de su Consejo. *Registrada:* Don Nicolás Verdugo. *Teniente de Chanciller Mayor:* Don Nicolás Verdugo.

LICENCIA DEL CONSEJO.

DON Ignacio Esteban de Higareda, del Consejo de S. M. su Secretario, Escribano de Camara mas antiguo, y de Gobierno del Consejo: Certifico, que por el R. y devoto Padre Fr. Pasqual de Varés, Ministro General de toda la Orden de San Francisco, se ocurrió al Consejo solicitando se sirviese dar la aprobacion, y licencia, para que las Actas hechas en el Capitulo General de dicha Orden, celebrado en la Ciudad de Valencia el dia veinte y uno de Mayo del presente año, y de que presentaba copia autorizada, se pudiesen dar á la estampa; mediante ser de su obligacion dar noticia á las Provincias de la citada Orden de las determinaciones del Capitulo General: Y vista por los Señores del Consejo esta instancia, y las referidas Actas con lo expuesto por el Señor Fiscal, por Auto que proveyeron en tres de este mes, concedieron Licencia al citado R. y devoto Padre General Fr. Pasqual de Varès, para que pueda hacer imprimir dichas Actas, que van rubricadas, y firmadas al fin por mí el infrascripto Secretario; con tal que se inserte el Breve tocante á suprimir la concurrencia de Custodios, con la Certificacion del *Pase*, dado por el Consejo, y la Provision auxiliatoria, expedida por este Supremo Tribunal en veinte y quatro de Febrero de este año, á fin de que conste con integridad de este asunto, y se conserve en las Actas estos documentos del exercicio de la Regalia de S. M. y proteccion de la disciplina Monastica, por lo que pueden conducir para el gobierno de iguales casos en lo sucesivo; guardando en lo demás de dicha impresion lo dispuesto, y prevenido por las Leyes, Pragmaticas, y Autos Acordados de estos Reynos, y executandose en papel fino, y buena estampa: Y asimismo mandaron, que el P. General remita un exemplar impreso de dichas Actas, para que se úna, y quede con el Expediente: Y para que conste doy la presente Certificacion, y la firmé

en

en Madrid á nueve de Agosto de mil setecientos sesenta y ocho.

D. Ignacio Higareda.

FR. PASCHALIS A VARISIO,

Lector Emeritus, Catholicæ Majestatis in Regali
Matritensi Congressu pro Immaculata Virginis
Conceptione Theologus, & totius Ordinis Fra-
trum Minorum Sancti Patris nostri Francisci
Minister Generalis, & humilis
in Domino Servus.

*UNIVERSIS DILECTISSIMIS
in Christo Patribus, ac Fratribus, Superioribus,
& Subditis curæ, ac jurisdictioni nostræ subjectis
pacem veram de Cœlo, & sinceram
in Domino charitatem.*

I. *INvestigabilium viarum Deus* (a) *qui operatur omnia secundum consilium voluntatis suæ* (b) *attingens à fine
usque ad finem fortiter, & disponens omnia suaviter* (c) tot
inter viros doctrina celebres, morum gravitate probatos,
prudentia in rebus agendis conspicuos, ac regularis disciplinæ zelo, omniumque virtutum splendore commenda-
tos ad supremum Generalatus totius Seraphici Minorum
Instituti culmen, nullis suffragantibus meritis, tenuitatem nostram evehere dignatus est, amplissimique ac pene innumerabilis Gregis regimen humeris nostris impo-
nere, dum in nuperis Comitiis Generalibus Valentiæ Ede-
tanorum celebratis Nos in Ministrum Generalem, & Ser-

a   vum

(a) Rom. 11. 33. (b) Ephes. 1. 11. (c) Sap. 8. 1.

vum totius Minoriticæ Fraternitatis cooptari voluit, &
Parvitatem nostram cæteris præesse disposuit. *Quo ope-
re Dominus quid cordibus nostris insinuat, quidve commendat, nisi ut de justitia sua nemo præsumat, & de ipsius misericordia nemo diffidat? Quæ tunc evidentius præ-
minet, quando peccator sanctificatur, & abjectus erigitur* (a).
*Respiciens tamen ad exiguitatis meæ tenuitatem, & ad sus-
cepti muneris magnitudinem etiam ego illud Propheticum de-
beo proclamare: Domine audivi auditum tuum & timui; con-
sideravi opera tua & expavi. Quid enim tam insolitum, tam
pavendum, quam labor fragili, sublimitas humili, dignitas
non merenti* (b)? *Quid timendum magis quam judicium durissimum, quod his, qui præsunt, fiet? exiguo enim conceditur misericordia; potentes autem potenter tormenta patien-
tur* (c). *Non desperamus tamen, neque deficimus, quia non
de nobis, sed de illo præsumimus, qui operatur in nobis.
Quamvis enim nos ad explendam nostri officii servitutem
& infirmi inveniamur, & segnes; dum si quid devote &
strenue agere cupimus, ipsius nostræ conditionis fragilitate
tardamur, habentes tamen incessabilem propitiationem om-
nipotentis & perpetui Sacerdotis, qui similis nostri, æqua-
lis Patri, divinitatem usque ad humana submisit, humani-
tatem usque ad divina provexit, digne & pie de ipsius
constitutione gaudemus. Quoniam etsi multis Pastoribus cū-
ram suarum ovium delegavit, ipse tamen dilecti gregis cus-
todiam non reliquit* (d). Confidimus quinetiam futurum, ut
suo validissimo patrocinio, quo Franciscanæ Familiæ in
angustiis gementi opportuna semper adfuit, Nobis quoque præsto sit Beatissima Virgo Maria, cujus Immaculata-
tæ Conceptionis decus, decus, si quod aliud, amplissi-
mum, peculiari devotionis affectu pro viribus adserere
nisus est semper Seraphicus Ordo, inque dies magnifica-
re non cessat. Sed & spem erigit S. P. N. Francisci, &
Sanctorum Filiorum ejus, unàque Fratrum nostrorum (quorum

(a) S. Leo in Anniv. suæ Assumpt. Serm. 1. (b) Idem Serm. 2.
(c) Sap. 6. 6. & 7. (d) S. Leo Serm. 2.

rum vestigia præmere nitimur) in Cœlis regnantium intercessio; quam quidem efficaciorem assequuturi eiimus, si vos, Fi.ii in Domino dilectissimi, uti obsecramus, & obtestamur, vota huc vestra referetis, perennesque ad Deum preces Nobiscum effuderitis, ut pro sua miseratione *mittere dignetur Sedium suarum adsistricem Sapientiam* (a) quæ Nobiscum sit, & Nobiscum laboret: *Vobis autem cor docile* (b), ut quæ dederimus salutis monita, hæc lubenti animo, alacriterque exequamini. Illud unum intimo cordi hæret, nimirum ut Familia nostra universa pristino sanctioris observantiæ, multarumque virtutum splendori restituatur non modo, sed & castissimis moribus, vitæ innocentia, optimis SS. Patrum institutis, ac sacræ Paginæ, Majorumque nostrorum doctrinis instauretur, regularisque disciplinæ vigor, benedicente Domino, magis ac magis augeatur; atque una simul corripiantur qui sui suæque professionis immemores, Ordinis universi decorem sanctitatemque exemplo pravo, & laxis doctrinis imminuunt, confundunt, & destruunt quidquid misericors Dominus piis tot Sanctorum Fratrum operibus ædificavit olim, & nunc ædificare haud cessat. Dolemus equidem, nimiumque angimur Ordinis regimen Nobis commissum fuisse temporibus hisce, quibus refrigescente multorum charitate, morum disciplina relaxata, puritate sanioris doctrinæ neglecta, succrescente ambitionis æstu, plerisque dein quæ sua sunt, non quæ Jesu Christi quærentibus, Jeremiæ verbis lamentari cogimur: *Quomodo obscuratum est aurum, mutatus est color optimus, dispersi sunt lapides Sanctuarii* (c)? Redeamus igitur ad cor, dilectissimi, sancteque ad mentem revocemus priora illa sæcula, quibus Religio nostra Christi bonum odorem quaquaversum effundens, purioris doctrinæ pabulo Filios suos, cæterosque enutrire satagens, Evangelicæ perfectioni studebat adeo, ut omnium in se admirationem, amorem, obsequium conciliaret. *Consideremus pactum, conditionem attendamus, militiam nos-*

a 2   *ca-*

(a) Sap. 9. 4. (b) 3. Reg. 3. 9. (c) Thren. 4. 1.

samus; pactum quod spopondimus, conditionem qua accessi-
mus, militiam cui nomen dedimus (a). Luceat lux nostra
coram hominibus, ut videant opera nostra bona, & glori-
ficent Patrem nostrum qui in Cælis est (b). Audite demum
verba mea, & ipsum vobis loqui credite, cujus licet im-
meriti vice fungimur; affectu enim vos alloquimur S. P. N.
Francisci, & *obsecramus ut abnegantes impietatem, & sæ-*
cularia desideria, sobrie, & juste, & pie vivamus expec-
tantes beatam spem (c). Semper subditi, & subjecti pedi-
bus Sanctæ Romanæ Ecclesiæ, stabiles in Fide Catholica,
paupertatem, & humilitatem, & Sanctum Evangelium Do-
mini nostri Jesu-Christi, quod firmiter promisimus, obser-
vemus (d). Quo autem hæc mentibus vestris obversentur,
aliqua corrigenda, nec penitus tacens, nec omnino exprimens,
nec nova statuens, nec vincula superinducens, nec onera
gravia imponens, sed veritatis annunciator breviter expono,
videns illa non reticenda (e).

II. Itaque vos Apostolicis verbis In antecessum alloquimur, qui in partes sollicitudinis nostræ vocati, Gregi
Nobis concredito præesse debetis. *Pascite qui in vobis*
est Gregem Dei, providentes non coacte, sed spontanea se-
cundum Deum, neque turpis lucri gratia, sed voluntarie,
neque ut dominantes in Cleris, sed forma facti gregis ex ani-
mo. (f) Pascite orationum fervore, quotidianis Sacrificiis,
obsecrationibus, postulationibus, gratiarum actionibus Dominum exorantes, ut ipse singulorum gressus dirigere
dignetur, ne à recto tramite declinent, sed puri & im-
maculati ambulent in viis ejus. *Pascite* verbo, *instantes*
opportune, importune, arguentes, obsecrantes in omni pa-
tientia & doctrina . . . . . in omnibus laborantes, ministerium
vestrum implentes (g). Pascite demum, *vosmetipsos præ-*
bentes exemplum bonorum operum in doctrina, in integri-
ta-

(a) S. Joan. Chrysost. Serm. de Martyr. quod aut imitandi sunt, aut
non laudandi. (b) Matth. 5. 16. (c) Tit. 2. 12. (d) Cap. Reg. nostræ
12. (e) S. Bonav. in Epist. dat. Parisiis 1257. (f) 1. Petr. 5. 2. & 3.
(g) Ad Timoth. 4. 5.

tate, in gravitate (a). Estote ipsimet solliciti Regulæ, aliarumque legum custodes : omnia seu Chori , seu piæ consuetudinis , seu communitatis exercitia obite impigri, nisi manifesta quandoque muneris vestri occupatio aliud exposcat. Nullam victus , vestitus , aut alterius cujusvis rei singularitatem intueantur in vobis ; factuque observanda exhibete, quæ cæteros verbo docueritis, *ut is , qui ex adverso est , vereatur, nihil malum habens dicere de vobis (b)*.

III. Sed qui omnibus præsumus, omnibus verba facturi , ab iis initium ducimus , quæ propriam cujusque sanctificationem , adimplementum votorum, regularisque disciplinæ cultum respiciunt. Meminerint igitur omnes obligationis strictissimæ , qua diurnis , nocturnisque Horis Canonicis , & Orationi mentali præscriptis per Statuta Ordinis temporibus interesse tenentur , gravisque omissionis reos se constituere , qui quovis quæsito colore a piis hujusmodi exercitiis sæpe absunt, nisi forte vel ratio studiorum , vel vera infirmitas, aut alia causa nostris in legibus probata eos aliquando excuset. Quapropter invigilent serio Superiores locales, quorum præcipue id interest , ut nemo prorsus a servitio Chori se eximat , negligentes moneant, & severioris disciplinæ remediis, si opus fuerit , compellant: Superiorum vero localium quoad hæc. desidia & negligentia a Ministris Provincialibus pro culpæ qualitate plectatur. Quod si Provinciales Ministri suo officio functi non fuerint , Visitatorum erit à Nobis (vel ab aliis facultatem habentibus) deputatorum in eos animadvertere. In divinis porro laudibus persolvendis in Choro caveant prorsus ab omnibus , quæ Domum Dei & *Sancta Sanctorum* dedecent : proptereaque modesta corporis compositione , intimo pietatis affectu , mente & spiritu Deo psallant , cantantes vocibus , cordibus exultantes; non oscitanter , perturbate , cursim , confuse verba proferentes , sed attente , devote , rotunde quæque pronuncian

(a) Ad Tit. 2. 7. (b) Ibidem.

6

c:an:es, nulli nimia velocitate , vel rarditate molestiam creantes legant, audiant, psallant, & canant, non cantibus, ut vocant, fractis, aut musicis, quibus alliciuntur au:es, sed devotis, & compositis, qui fidelium pietatem excitant., & majestatem redolent Ecclesiasticam.

IV. In peragendis sacrosanctis Altaris Mysteriis convenit omnino ubique, & ab omnibus sacrorum Rituum uniformitatem servari juxta Cæremoniale Romanum, & Ordinis nostri, talibus corporis gravitate, incessu, motu, gestuque eadem pertractari, quibus *mentes fidelium per hæc visibilia religionis, & pietatis signa ad rerum altissimarum, qua in iis latent, contemplationem excitentur; propterea enim pia Mater Ecclesia ritus quosdam instituit, cæremonias item adhibet , ut adminiculis exterioribus ad rerum divinarum meditationem facilius extollantur* (a). Quo tam pio ac salutari fine ne unquam frustrentur Christifideles , eorumque languescat devotio ob pravam alicujus nostratis, & indevotam Mysteriorum hujusmodi tractationem, Tridentinorum Patrum vota sequuti volumus, & mandamus, ut in unoquoque Conventu Religiosus aliquis pius, devotus, inque Ritibus sacris bene versatus designetur, qui sedulo minus expertos edoceat, & sacris functionibus Altaris adsistat, sicque omnia religioso, ut addecet, cultu ac devotione peragantur. *Quanta cura adhibenda sit, ut sacrosanctum Missa sacrificium omni religioso cultu ac veneratione celebretur , quivis facile existimare poterit qui cogitarit maledictum in sacris litteris eum vocari qui facit opus Dei negligenter. Quod si necessario fatemur , nullum aliud opus adeo sanctum ac divinum à Christifidelibus tractari posse, quam hoc ipsum tremendum Mysterium, quo vivifica illa hostia , qua Deo Patri reconciliati sumus, in Altari per Sacerdotes quotidie immolatur , satis etiam apparet omnem operam, & diligentiam in eo ponendam esse , ut quanta maxima fieri potest, interiori cordis munditia , & puritate, atque exteriori devotionis, ac pietatis specie per-*
aga-

(a) Concil. Trid. ses. 22. cap. 5.

agatur (*a*). Quem igitur in admirationem non rapiat, immo quis animi justè indignantis impetum refrænet adversus damnabilem *irreverentiam*, *quæ ab impietate vix sejuncta esse potest* (*b*), quorundam Sacerdotum, qui quodcumque temporis spatium insumunt, omnem adhibent accuratioremque diligentiam in iis, quæ corporis commodum spectant, & solatium : è contra sacrosanctum Missæ Sacrificium oscitanter adeo, indevote ac festine peragunt, ut in supremi Numinis injuriam convertant id quod ad excellentius obsequium Deo exhibendum est institutum ? Eccur non dixerimus cum Apostolo istiusmodi Sacerdotes *manducare panem, & bibere calicem Domini indigne ; reos esse corporis, & sanguinis Domini : judicium sibi manducare, & bibere non dijudicantes corpus Domini* (*c*) ? Quem lateat horrendum exinde scandalum, maximumque sanctissimæ Eucharistiæ contemptum procreari in mentibus fidellum ; quibus Ministri Christi, & dispensatores mysteriorum Dei indigna istiusmodi tractatione insultantes potius quam sacrificantes sese exhibent conspiciendos ? *Nullum* (ajebat meritò S. Gregorius Magnus) *nullum puto fratres charissimi ab aliis majus præjudicium quam à Sacerdotibus tolerat Deus, quando eos, quos ad aliorum correctionem posuit dare de se exempla pravitatis cernit ; quando ipsi peccamus, qui compescere peccata debuimus* (*d*). His ergo, quæ scandali mensuram implesse videntur, obviam ire peroptantes mandamus Superioribus Localibus, ut zelo Domini succensi, auctoritate nostra, perpetua suspensione aliusque tali suspensioni annexis pœnis arceant à sacris Altaribus Sacerdotes illos, qui talis culpæ rei, serioque moniti, luculenta sinceræ constantisque emendationis argumenta non exhibuerint. Quod ut omnino executioni mandetur, Ministrorum Provincialium erit, & Visitatorum occasione Visitationis ab omnibus, & singulis hac de re diligentis-

si-

(*a*) Idem Conc. ses. 2. in Decreto de observandis..... (*b*) Idem Concil. ibidem. (*c*) 1. Corinth. 11. 27. & 29. (*d*) Hom. 17. in cap. 20. Luc. ante med.

8

simè inquirere, & Superiores Locales, quos severissima
horum defectuum, & irreverentiarum omnium justo ju-
dici reddenda ab ipsis ratio haud terret, nimiæ seu indulgentiæ, seu negligentiæ culpabiles irremissibili absolu-
taque officii privatione punire. Diligens quoque ab ipsis
inquisitio fiat, an omnes, & singuli Religiosi, nemine
prorsus excepto, singulis annis, (uti Antecessores nostri
sæpe præscripsere, & Nos denuo præcipimus) octo saltem dierum spatio *spiritualia*, ut vocant *exercitia* ab omni
qualibet occupatione interim semoti peregerint, vel omnes
simul, vel alternatim, prout Conventuum, vel personarum occasio postulare visa fuerit. Quo autem istiusmodi
exercitia suum consequantur effectum, animarum nempe
profectum, in unoquoque Conventu designabitur Religiosus pius æque ac doctus, cujus erit tunc temporis
omnia huc conducentia dirigere. Quod si forte contigerit
Conventum aliquem quandoque Religioso ad id idoneo
destitui, Ministri Provinciales curent evocare eos ex aliis
Conventibus, & illuc ad finem hunc salutarem destinare.
Optandum quinimo foret, ut quævis Provincia nonnullos
haberet exercitatiores, huicce ministerio unicè addictos,
qui opportunè Conventus Provinciæ singulos peterent,
munus istud obituri ; magnum enim exinde animarum profectum, & disciplinæ regularis incrementum derivaturum
certò certius speramus. Equidem si plurimorum in verbo
Dei disseminando occupationem probamus ob sæcularium
salutem, & merito si, ut Fratres Minores decet, id fiat;
quidni, quum de Fratrum nostrorum utilitate, & monas-
ticæ observantiæ cultu promovendis agitur, modis omnibus, totis viribus insudabimus? Qua de re cum salutaris
obedientiæ merito omnes hortamur, ac per viscera Jesu-
Christi obtestamur tum Superiores Provinciales, tum ab
his deligendos, ut operi tam proficuo promovendo omnem diligentiam adhibeant, magnum sibimetipsis meritum
dubio procul acquisituri.

V. De votis jam Deo nuncupatis Nobis nonnulla dicere cogitantibus statim sese offert, quod est peculiare Or-
di-

dinis nostri *insigne*, ejusdem firmissimum fundamentum, Evangelica nempe Paupertas, qua abdicato rerum omnium temporalium dominio, simplici dumtaxat ac moderato earumdem usu permisso, curis omnibus exonerati, Christum Jesum Crucifixum sequi profitemur. Hæc erat, ut nostis pretiosissima Seraphici Patriarchæ margarita ; hanc ceu Sponsam dilectissimam unicè coluit ; hanc adhortationibus modo, modo præceptis, nunc pœnarum timore, nunc spe præmiorum nobis filiis suis jure veluti hæreditario summopere custodiendam reliquit. Huc enimverò collimant tot ac tam sæpe repetita, brevissimo periodorum circuitu in hanc rem præcepta; huc collimat Interdicta, repetitisque circumstantiis, phrasibus, exceptionibus exposita pecuniarum non modo possessio, sed ipsa etiam contrectatio. *Fratres nihil sibi approprient nec domum, nec locum, nec aliquam rem, sed tamquam peregrini, & advena in hoc sæculo in paupertate, & humilitate Domino famulantes.......* (a). *Vestimentis vilibus induantur* (b). *Non habeant nisi duas tunicas* (c). *Non utantur calceamentis* (d). *Non debeant equitare, nisi manifesta necessitate, vel infirmitate cogantur* (e). His haud contentus studiosissimus altissimæ paupertatis cultor idem rursus præceptum inculcat: *Præcipio*, adverbio *firmiter*, negatione *nullo modo* munitum; atque exceptione roboratum, *eo semper salvo, ut sicut dictum est, denarios, vel pecuniam non recipiant* (f). Quum verò vitandi otii causa filios suos honestis laboribus occupari optaret, illos ab omni hujus præcepti nævo cautos facturus, addit: *De mercede verò laboris pro se, & suis fratribus corporis necessaria recipiant, præter denarios, vel pecuniam* (g). Ut igitur ne lato quidem ungue ab altissima, quam profitemur, paupertate recedatur, volumus, ut ab omnibus Superioribus, & subditis omnimodæ exactæque mandetur executioni Apostolica venerabilis memoriæ Innocentii XI. Constitutio incipiens : *Sollici-*

b . *tu.*

(a) Cap. 2. Regulæ nostræ. (b) Ibidem. (c) Ibidem. (d) Ibidem. e) Cap. 3. (f) Cap. 5. (g) Cap. 4.

tudo Pastoralis, edita die 20. Novembris an. 1679. &
Constitutio felicis recordationis Innocentii XII. incipiens:
Aliàs à felicis recordationis, edita die 2. Julii an. 1693.
Quod si quis sui suæque professionis immemor, eminens istud præcipuumque Seraphici Legislatoris præceptum violare ausus fuerit, contrectans pecuniam, recipiens per se,
vel per interpositam personam, aut quovis modo dominium retinens, juridici efformentur Processus, ac violatores hujusmodi ad normam stricti juris puniantur. Si verò quispiam (quod Deus avertat) adhuc hujus criminis
reus ex hac vita migraverit, Ecclesiastica sepultura privatus in sterquilinium projiciatur, cunctis illud Petri repetentibus : *Pecunia tua tecum sit in perditionem* (*a*), ut
unius exemplo edoceantur cæteri æquissima Dei judicia
timere ac venerari, sibique præcavere. Hæc porrò ad rem
præsentem ex prælaudato Innocentio XI. omninò referenda ducimus: *Ut omnis occasio transgrediendi præceptum*
de non contrectandis denariis seu pecuniis auferatur, omni
bus & singulis dicti Ordinis Prælatis sive Superioribus in
virtute sanctæ obedientiæ, & sub pœna privationis suorum
officiorum injungimus, ut nulli Religioso ejusdem Ordinis
permittant administrationem fundorum, reddituum, aut qua
rumcumque aliarum rerum & bonorum mobilium vel im
mobilium, cujuscumque Domini illa sint ; & signanter ut
nulli Religiosorum Ordinis hujusmodi permittatur adminis
tratio bonorum temporalium alicujus Monasterii Monialium
sub quovis prætextu, aut nomine, nempe Administratoris,
Syndici, Factoris, Coloni, Superintendentis, Villici, aut quo
vis alio imaginabili (*b*).

VI. Cæterum ad removendam à Subditis occasionem,
quemvis quæsitum colorem præcepti hujus violandi, patrandique peccata proprietatis, necesse est, ut invigilent
attentè Superiores, illorumque indigentiis opportunè succurrant, tum quoad victum, tum quoad vestitum, tum
etiam quoad respectiva eorum officia; utrisque, præsertim

Sub-

(*a*) Actor. 8. 20. (*b*) Innoc. XI. ibidem.

Subditis semper ob oculos obversantibus altissimam, quam voverunt, Paupertatem: *Fœdum est enim profanumque mendacium summæ paupertatis voluntarium professorem se adserere, & rerum penuriam pati nolle.* Qua de re sit in unoquoque Conventu Cella communis apta ad conservationem cujusvis speciei vestimentorum, quorum usus moderatus nobis concessus est, eademque diligenter manuteneatur rebus necessariis ita semper instructa, ut quandocumque opus fuerit, Fratrum indigentiis succurratur. Si autem alicubi istiusmodi vestimentorum Communitas nondum erecta fuerit, erigatur; & illuc Fratrum quilibet conservandam deferat quamcumque vestimentorum speciem, quorum actuali usu non indiget, ne alioqui, aut illicite ea sibi procurare cogantur, aut alteri superabundet quod levandæ necessitati alterius opus esset. Ne vero ab istiusmodi Communitate erigenda excusari valeant Superiores ob Conventus inopiam, volumus & districte præcipimus, ut ad præscriptum Constitutionum Apostolicarum, Regulæ nostræ, & Statutorum Ordinis omnes & singulæ eleemosinæ à Benefactoribus, vel particularibus Personis sponte aut gratis oblatæ, vel intuitu laborum quorumcumque, mercedis, lecturæ, concionum, officii, exercitii, aut occupationis cujusvis acquisitæ ad Conventum pertineant, modo in nostra Regula permisso; proindeque nullam, ne ad usum quidem super iisdem eleemosinis Fratres particulares jurisdictionem habeant; sed integræ omnino apud Syndicum Apostolicum, vel Substitutum ejus deponantur, cum aliis eleemosinis Conventus incorporentur, permisceantur, & confundantur, ut exinde omnibus omnium necessitatibus absque discrimine ullo fiat satis. Auferatur quoque è medio omnis ciborum singularitas sive in quantitate, sive in qualitate aut delectu, ac ita congruæ omnium sustentationi provideatur, ut in quavis mensa communi omnes iisdem pane, vino, obsonio, sive, ut ajunt, pitantia vescantur, exceptis duntaxat iis, quos infirmitatis causa excusaverit. Si enim omnes pro suo modulo ex æquo laborant, omnes ex æquo victum & vestitum, suorum laborum fruc-

tum percipere debent; ne alioqui meritò alter alteri ob-
trudat illud : *Et alius quidem esurit , alius autem ebrius
est (a)*. Verbo : Studeamus Paupertati, quæ est excellentius Ordinis nostri decus : Paupertatem redoleant ædifi-
cia , ad necessitatem accommodata , non divitum domos
æmulantia : Paupertatem sapiat uniformitas victus & vestitus, cujusvis singularitatis & delectus expers : Paupertatem denique referat ipsa Ecclesiarum suppellex, *Deum
quippe in spiritu & veritate oportet adorare (b)*.

VII.   Ejusdem altissimæ Paupertatis ramus est aliud.
Regulæ nostræ præceptum : *Fratres non debeant equitare,
nisi manifesta necessitate vel infirmitate cogantur (c)*. Quod
quidem ab omnibus & singulis observari volumus, vel
etiam ab illis , qui sanctæ Visitationis, aut Prædicationis,
causa iter faciunt; multoque etiam magis ab iis , qui simplicis oblectamenti intuitu, aut vagandi prurigine sub specie quandoque devotionis itinera suscipiunt. Nostra certè quod interest, ne hujus præcepti violandi causam
alicui præbere videamur, Provinciarum Visitatores ex Provinciis, quoad fieri poterit , vicinioribus seligemus ; ipsis
vero ex nunc pro tunc injungimus, ut si forte oneri huic,
ut supra, obeundo pares non fuerint, certiores Nos reddant (quod idem fiet, si fuerint ab alio destinati) Visitatorem idoneum quæsituros. Concionatores itidem, illi
præsertim, qui non Superiorum jussu, sed propria industria studioque loca, ubi Prædicationis munere fungantur , sibi acquirunt, caveant omnino ab istiusmodi præcepti violatione : si secus egerint, Nobisque innotuerit,
concionandi officio se à nobis privatum iri meminerint.
Qui autem ob singularem aliquam in verbo Dei disseminando Apostolici zeli prærogativam uberioris animarum
fructus reportandi spem faciunt, & commodiori aliquo
ad iter agendum modo opus habuerint, Nobisque aut
aliis Superioribus suam ipsorum necessitatem exposuerint,
eo tantum casu, charitate proximi & animarum utilitate
ne-

(a) 1. Corinth. 11. 21. (b) Joan. 4. 24. (c) Cap. 3.

necessitatis vices supplentibus, poterunt Superiorum permissu sibi providere modo quoad fieri poterit humiliore. Ad illos demum quod attinet, qui simplicis oblectamenti causa vagandique pruritu itineribus se dedunt, prohibeantur omnino equitare, curru aut. rheda vehi, aut alio quovis commodo uti. Nos certè istiusmodi facultatem non concedemus; quam si quis molestis petitionibus, vel intercessione Magnatum extorquere nisus fuerit, suæ importunitatis & audaciæ pœnam luet eo sensibiliorem, quo opus fuerit ad exemplum cæterorum: præterquamquod enim & Benefactores & Conventus molestia vix ferenda gravantur, Religiosorum munus est, non huc aut illuc vagando oblectationibus indulgere, sed consuetudinum regularium exercitio & propriæ sanctificationi & proximorum saluti adlaborare.

VIII. Exacta porrò Paupertatis custodia mirum quantum conferet ad duplicis alterius voti, castitatis nempe & obedientiæ adimplementum! Humiliatus namque Religiosus, viribusque fessus propter macerationes, vigilias & abstinentias, quas necessario secum fert Paupertas, multo facilius voluntati Superiorum morigerum se præbebit, carnem spiritui subjiciet, omnesque obices superabit, quibus illa impeditur virtus, qua similes Angelis efficimur. Quamobrem de duobus hisce essentialibus votis pauca dicturi, ad mentem omnium revocamus (quoad obedientiam) S. P. N. Francisci salutarem adhortationem, quin & præceptum: *Fratres qui sunt Subditi, recordentur, quod propter Deum abnegaverunt proprias voluntates. Unde firmiter præcipio eis, ut obediant suis Ministris in omnibus, quæ promiserunt Domino observare, & non sunt contraria animæ suæ & Regulæ nostræ* (a). Porrò consentaneum omnino est & animæ & Regulæ Fratres ex uno ad alium Conventum evocatos Superiorum jussa exequi, memores illorum verborum: *Fratres nihil sibi approprient nec domum, nec locum, nec aliquam rem* (b). Igitur qui obedientiam

(a) Cap. 10. Reg. (b) Cap. 2. Reg.

tiain parvipendentes, Superiorum voluntati obsistunt in hujusmodi dispositionibus, & extranearum quarumcumque personarum exinde implorant auxilium aut favorem, ad normam Constitutionum Apostolicarum, & Statutorum Ordinis puniantur.

IX. Neminem rursus latet, quanta diligentia opus sit ad servandam castitatem undequaque illibatam ; proptereaque decet omnes vigilare, *avertentes oculos suos ne videant va-nitatem* (a), occasiones quaslibet ruinarum, familiaritates in Regula vetitas sic evitantes, ut inde suspicionibus, ma-læ famæ, scandalis viam omnem præcludant, veluti qui *debitores sumus non carni, ut secundum carnem vivamus* (b), quippe voluptatibus carnis, professione nostra, nuncium mi-simus. Æquum proinde est ad vitandas suspiciones om-nes, & ad pericula præcavenda, adamussim observari Cons-. titutiones Apostolicas ; nimirum ut nullus è Conventu exeat, nisi causa probata, & impetrata singulis vicibus licentia, & benedictione accepta à Superiore, qui Socium non petentis rogatu, sed suo arbitrio adsignabit. Turpe est enim, ac prorsus dedecet Religiosum absque Socio incedere. Rediens autem benedictionem denuo receptu-rus adeat Superiorem, qui à Socio diligenti facta inquisi-tione, omnes exeuntis motus, moras, cæteraque ad rem pertinentia investigabit.

X. Quoniam vero experientia constat, delectum Ju-venum ad habitum recipiendorum, ac in iisdem educan-dis sollicitudinem ad decorem, firmitatem nostri Ordinis unicè conducere, atque re secus se habente, omnia fe-rè mala redundare, volumus ad unguem omnino omnia servari, quæ Summi Pontifices, decreta Apostolica, Cons-titutiones Ordinis, ac Prædecessores nostri hanc in rem salubri, sapientique dispositione præscripsere. His omni-bus propterea inhærentes Ministri Provinciales, & cæte-ri ad quos spectat, non ante quempiam ad habitum Reli-gionis admittant, quam solerti industria exploraverint na-
tu-

(a) Psalm. 118. 37. (b) Rom. 8. 12.

turæ illius dotes, ingenii indolem, & spiritum vocationis: *Diligenter exquirant quo spiritu, qua mente, ac voluntate hoc regularis vitæ genus eligere velint, quem sibi finem proposuerint; num zelo melioris frugis, ac perfectioris vitæ, & ut Deo liberius famulari possint; an potius levitate, vel humano aliquo affectu, aut inordinato animi motu ducantur* (a), vel etiam majoris inopiæ vitandæ causa. Diligens itidem fiat inquisitio de cujusque naturalibus, de habitudine corporis, deque vitæ anteactæ moribus; rejectisque omnino ignotis, segnibus, rudibus, indevotis, nullo coelesti ductu ad hoc rigidioris vitæ genus vocatis, nonnisi illos recipiant, quos bene moratos, viribus corporis valentes, ac ingenii acie præditos ita noverint, ut in pietate perinde ac in litteris proficiendi spem haud dubiam præseferant: *Neque ad habitum regularem aliquis in Ordine recipiatur, nisi prius plene informatus sit de præceptis Regulæ obligantibus in conscientia, & plena hac notitia velit probationem subire* (b). Nec vos fallat vana futilis ac noxia multitudinis cupido; etenim quum experti fuerimus, abusus in nimia multitudine vix & nullo modo vitandos impune grassari, exactæque paupertatis violationem Inde potissimum originem ducere, hinc volumus Fratres nimium succrescentes ad eum præcise numerum reduci & in posterum conservari, *qui juxta decreta Concilii Tridentini ex consuetis eleemosinis commode possit sustentari* (c). Probe conscii personis cujuscumque ætatis opus esse ad obeunda Instituti nostri munera, omnem prorsus receptionem non interdicimus quidem, attamen hanc deinceps oeconomiam servandam in receptione ad habitum jubemus, qua in unaquaque Provincia is tantummodo Fratrum numerus supersit, qui ad divinum cultum, & Christiani populi instructionem necessarius sit atque utilis. Adeo nimirum ut omnes & singuli (demptis infirmis & inhabilibus) præter servitium Chori In aliquo alio Conventus officio

sint

(a) Bulla Clement. VIII. 19. Martii 1603. (b) Brev. Innoc. XI. 20. Novemb. 1679. (c) Ses. 22. c. 3.

sint occupati. Quamquam, receptionem omnem prohibituri in illis Provinciis, in quibus collapsam Regulæ, Monasticæque disciplinæ omnimodam observantiam noverimus, conscientiam oneramus eorum, qui ad visitandas Provincias in dissitis Regionibus existentes destinabuntur, & illorum pariter qui istiusmodi relaxationem ignorare nequeunt, atque injungimus, ut quantocius Nos certiores reddant, ut opportuna remedia adhibere morbis valeamus. Inhibemus quoque Novitiatum erigi, vel erectum conservari in illis Conventibus, in quibus forte impedimentum aliquod aliundè inevitabile obstat omnimodæ observantiæ eorum omnium, quæ in istiusmodi Conventibus, & Constitutiones Apostolicæ, & Statuta Ordinis observari volunt, atque præcipiunt.

XI. Juvenum quoque ad habitum Religionis admissorum cura sollicita, instructio, educatio nonnisi viris probis, religionis zelo, & gravitate morum præstantibus, ætate maturis, prudentia, & eruditione conspicuis committatur, qui nempe verbo, & exemplo possint, & velint viam perfectionis illis ostendere, docentes eos servare omnia, quæ nosse illos ac profiteri oportet, ne alioqui brutorum adinstar profitentes ad victimam potius quam ad vitam ducantur; & professio, quæ illis via ad salutem esse debuerat, in laqueum mortis convertatur. Ne igitur istiusmodi deplorandæ nimis calamitati aliquis imprudens subjaceat, *Non admittatur ad professionem regularem nisi prius examinatus sit de intellectu Regulæ, & præceptorum ejus, & deinde immediate ante illam coram tota Communitate fiat ei protestatio, quod ad observantiam Regulæ cum omnibus ejus præceptis tunc enumerandis, & exprimendis obligetur in professione, eamque protestationem admittat, & sub ea professionem faciat* (a).

XII. Expleto probationis anno, emissaque professione, nihil pristinæ sollicitudinis, curæ, ac educationis remittendum cum illis est, sed in religiosa vivendi ratione,

_____

(a) Brev. Inn. XI. 20. Novemb. 1679.

ne , & regularis disciplinæ observantia stabiliri , confirmati , & promoveri debent. Quapropter in Conventibus Recollectionis, seu Professorii collocentur sub disciplina Magistri Iisdem, quibus Magistri Novitiorum, dotibus præditi, qui unà cum illis in loco à cæteris segregato habitans, eosdem in doctrina spiritus ad normam Constitutionum Apostolicarum omni studio instruat, ut tandem in decus Religionis , & Juvenum profectum cedat illud Salomonis : *Adolescens juxta viam suam etiam cum senuerit , non recedet ab ea* (a). Futurum enim exinde speramus ut (quum ipsi aliorum regimen aliquando sint subituri) quam ab adolescentia didicere vivendi methodum, hanc cæteris amplexandam ostendant. Hinc omnibus modis connitendum est, ut juxta Decreta Apostolica Magistri eligantur ii, qui anteactæ vitæ exemplo probati sint, orationis, & mortificationis operibus addicti, prudentia , & charitate freti , non sine affabilitate graves, cum mansuetudine zelum Dei præseferentes, ab omni cordis, & animi perturbatione, ira præsertim, & indignatione, quæ charitatem lædunt, quam longissimè alieni; tales denique sint, qui in omnibus semetipsos exemplum bonorum operum præbentes, ac prorsus irreprehensibiles, Juvenibus suæ curæ concreditis venerationi , & amori potius sint , quam timori. Quum verò sollicitudo isthæc cæteris Clericis omninò conveniat, omnes proinde saltem Sacerdotali Ordine nondum insigniti sub diligenti alicujus directione permaneant ; quo magis in Evangelica perfectione proficiant, perfectius addiscant, & exactius adimpleant ea , quæ alios edocere aliquando oportebit.

XIII. Cura quidem Clericorum bene instituendorum debet esse præcipua, non idcircò tamen prætermittenda est religiosa Conversorum instructio ; quum etenim hi perinde ac Clerici eamdem profiteantur Regulam, istorum quoque perfecti educatio plurimum confert ad Religionis decorem, Christifidelium ædificationem , exemplum,

at-

_____

(a) Proverb. as. 6.

atque utilitatem. Quamobrem ut uberiores fructus pro statu, & qualitate sua referant, & ipsi sub cura ejusdem, vel alterius Magistri usque ad completum sexennium piis operibus, & mortificationibus exercitati, de rebus spiritualibus, præsertim vero de modo peragendæ orationis mentalis sollicitè instruantur. Ad hæc Ministrorum Provincialium erit in singulis Capitulis, & Congregationibus designare pro quolibet Conventu Religiosum pium ac doctum, qui singulis saltem diebus Dominicis, nulla excepta, Festisque solemnibus Cathechismo operam det, seu Christianam Doctrinam explicet : quo impedito per alium à Superioribus Localibus substituendum idem fiat, adeo ut superiores Locales sub pœna privationis officiorum suorum nequeant tam salutaris, & necessariæ instructionis omissionem permittere. Huic instructioni intersint Clerici nondum Sacerdotio initiati, Fratres Laici cujuscumque ætatis, aliique si qui sunt in Conventu, hoc pio exercitio indigentes: singulatim interrogentur omnes; omnes edoceantur dogmata Christianæ Fidei juxta explicationem Cathechismi Romani; ac demum serio instruantur in omnibus, quæ ad salutem æternam consequendam; ad profectum in virtutibus Christianis, atque ad exactam præceptorum Regulæ, & votorum Deo nuncupatorum observantiam conducunt, nec possunt absque periculo salutis æternæ à quopiam ignorari.

XIV. Præ omnibus autem, quæ ad instaurandam Regulæ; & aliarum Legum observantiam conferre possunt, præcipuum sibi locum vindicat Superiorum delectus; proindeque omni studio adlaborandum est, ut Fratrum regimen Religiosis illis committatur, quos zelo Domini, morum probitate, doctrina, vitaque exemplari præditos esse constat. Nos quidem, favente Deo, viros probos cujcumque Provinciæ in promptu esse confidimus, hisce dotibus ornatos: dolemus tamen præpotenti quandoque aliorum arte illos oblivioni datos esse, atque à consequendis Ordinis gradibus, officiis, & dignitatibus omni conatu arceri. Malo huic quantum cum Domino possumus

occircurrere volentes, primùm cum sæpe laudato venerabilis memoriæ Innocentio XI. *Statuimus neminem eligi posse in Prælatum, sive Superiorem in Ordine, qui vitam communem Observantiæ non sequatur, hoc est, qui frequenter equitet, seu infirmitatem, qua ab obligatione pedibus incedendi excusetur, habeat; qui indusiis seu camisiis aut, lineis utatur apud se, vel In lecto; qui calceatus incedat; qui jejunia Ecclesiæ, & Regulæ non observet; qui aliquando visus sit contrectare pecunias, nisi jam per triennium saltem emendatus sit; qui notabiliter defectuosus sit in adsistendo communitatibus Chori, Refectorii, & aliis, prout sibi in Constitutionibus præscribitur (a).* Deinde Electores omnes hortamur, ut in Capitulis, & Congregationibus Intermediis celebrandis, sepositis partium studiis, unde jurgia, schismata, dissidia, contentiones, scandala oriri solent, Deum solum ad normam juramenti electionibus præmittendi præ oculis habentes, nonnisi digniores, atque ad instaurandam, conservandam, promovendamque disciplinam regularem aptiores eligant, illisque gradus, dignitates, & officia conferant. Falluntur enim quammaximè; si putant suæ ipsorum dispositioni liberam esse electionem, & proinde dignioribus præponunt sibi magis acceptos, aut necessitudine aliqua conjunctos; non sunt nisi administri juris, à quo si declinent, injustitiæ, & perjurii rei sunt, Religioni dedecus inferunt, & damnum, Deo autem maximam Injuriam irrogant. Quum verò sola officiorum, graduum, & dignitatum ambitio indicium sit non ambiguum indignos esse qui ambigunt: *Non enim qui seipsum commendat ille probatus est, sed quem Deus commendat (b). Nec quisquam sumit sibi honorem, sed qui vocatur à Deo tamquam Aaron (c):* propterea caveant omnino sibi Fratres omnes ab officiis, & gradibus directè, vel indirectè procurandis; multoque etiam minus Superioribus molesti sint modis illicitis, quibus Magnatum favore officia, & dignitates se consecuturos confidunt: si

C 2   se-

(a) Brev. cit. 20. Nov. 1679. (b) 2. Corinth. 10. 18. (c) Hebræor. 5. 4.

secus egerint, & à quocumque gradu arcendos Illos, &
pœnis per Constitutiones Apostolicas præscriptis plecten-
dos esse decernimus.

XV. Denique paucis absoluturi, quæ sanctimoniæ in
Ordine conservandæ magis inserviunt., damus ad litteram
postremi Valentini Capituli Generale Statutum, quod est
hujusmodi : *Regularem disciplinam, Regulæque nostræ ob-*
servantiam, ubi viget, retineri, ubi verò opus fuerit, ins-
taurare ex animo volentes; Provinciarum Ministros, alios-
que inferiores Prælatos hortamur, monemus, & in Domi-
no requirimus, ut in hanc rem probatas nostri Ordinis le-
ges omni diligentia servare, & servari curent., nominatim
de Juvenum ad Ordinem admissione, & admissorum edu-
catione; de Studentium moribus, & disciplina; de Lecto-
rum qualitatibus, & de modo legendi; de tollenda evaga-
tione; de oratione mentali; seque, & subditos ita conti-
neant, ut Deo fideles; Ecclesiæ, & Reipublicæ utiles, om-
nibus Christi bonus odor sint in omni loco. Pro firmiori au-
tem Regula, Statutorum, & bonarum consuetudinum cus-
todia, renovato Statuto Toletano anni 1633. *Ministri Pro-*
vinciales sub officiorum privatione in omnibus Provinciarum
Capitulis, & Congregationibus in pleno Definitorio specia-
lem, & accuratam consultationem, & tractatum habere de-
beant de extirpatione abusuum, si qui irrepserint, deque
disciplinæ Regularis conservatione, & promotione; & de ejus-
dem consultatione, & tractatu, factisque deliberationibus
Superiores Generales certiores reddere teneantur. Cumque
in eamdem rem conferat vigilantia Visitatorum pro ut olim
factum in Capitulo Romano ann. 1651. *rogantur Superiores*
Generales, ut in eorum delectu pro sua in Deum pietate
omne studium adhibere velint, ac tales eligant, qui probi-
tate, scientia, verbi, & exempli præstantia ad Visitatio-
nem piè utiliterque obeundam, vel maximè idonei sint, qui-
que zelo Dei constitutas pœnas à transgressoribus exigere
non reformident (a). Hactenus Patres Definitorii Generalis.

_____

(a) Sess. 16.

lis. Nostra certè quod interest, in Visitatorum delectu omnem operam adhibituri, eos omnino repellemus, qui muneri huic peragendo ultro se offerent, vel alienis importunis precibus Visitationem extorquere conabuntur: Quos verò ad visitandas Provincias destinaverimus, Monitos insuper volumus, ut à quibuscumque, vel etiam sponte oblatis, muneribus sese prorsus abstineant; atque Visitatione peracta Nobis (vel aliis, ad quos spectabit) abusus omnes tam communes quam particulares fideli relatione communicent, ut opportuna morbis remedia adhibere possimus, & ea executioni mandanda satagamus, quæ ceu magis proficua, & ad monasticam disciplinam, regularemque observantiam instaurandam magis conducentia exoptat Definitorium Generale.

XVI. Cæterum quum Seraphicus Patriarcha S. Franciscus *non sibi soli vivere, sed, & aliis proficere vellet* (a) satis inde exploratum cuique est, præter morum sanctimoniam, quæ cuique cordi esse debet, vocationi nostræ undequaque adimplendæ scientiam apprimè conferre, qua nimirum Ecclesiæ, Reipublicæ, Populis utiles constituimur. Hinc ne Officio nostro deesse videamur, quæ doctrinæ in Ordine excolendæ, & magis ac magis promovendæ opportuna judicamus, necessario duximus adnotanda. Primò itaque præter erecta jam Philosophiæ ac Theologiæ studia, volumus, ut in unaquaque Provincia erigantur unum vel plura sacræ eloquentiæ, & Moralis Theologiæ studia, in quibus Juvenes ad sacræ Prædicationis munus, vel ad excipiendas Confessiones vocati sanioris doctrinæ pabulo imbuantur, rectam utriusque officii exercendi methodum edoceantur; atque istiusmodi Cathedris moderandis Religiosi præficiantur excellentiores; quique in pervolutandis explicandisque Sacræ Scripturæ oraculis, Conciliorum Canonibus, & SS. Patrum Operibus luculenta doctrinæ suæ, & eruditionis exhibuerint documenta. Porrò novi nihil molientes, eam doctrinam

am-

(a) In Officio ad Laudes Antiph. 1.

amplecti, & sequi omnes decernimus tum in Philosophicis, tum in Theologicis, Scholasticis, Polemicis, Dogmaticis, & mores spectantibus disciplinis, quam Majores nostri publicè, & privatim docuerunt, & amplexati sunt. Non desunt sanè Ordini Seraphico innumeri inter Sanctos, & Beatos cooptati, quorum doctrina fulget Ecclesia; præsto sunt alii, quorum memoria in benedictione est; & quorum Opera in lucem edita (faxit Deus, ut hactenus inedita eamdem sortem consequantur) saniorem undique doctrinam præseferunt. Istiusmodi certè sunt Beatissimi Patris nostri Francisci, à Joanne Trithemio, Antonio Possevino, aliisque inter Scriptores Ecclesiasticos recensiti, opuscula plura, & varia, quorum lectio ad illustrandas mentes, animosque in Dei amorem excitandos accommodatissima sunt; istiusmodi S. Antonii Patavini, quem Gregorius IX. *Arcam Testamenti, & divinarum armarium Scripturarum* appellavit, pluribus in Sacram Scripturam Commentariis, aliisque Operibus illustris; istiusmodi Seraphici Doctoris S. Bonaventuræ de re Theologica, deque omni ferme scientiarum genere optimè meriti. Quid dicemus de SS. Bernardino Senensi, Joanne à Capistrano, Jacobo de Marchia, Petro de Alcántara? Quid de Beatis Angelo à Clavasio, Pacifico à Ceredano, Bernardino Tomitano? Quid de Alexandro Alensi, Joanne Scoto, Alvaro Pelagio, Richardo de Mediavilla, Alphonso à Castro, Michaele de Medina, cæterisque innumeris, quorum editis in lucem Scriptorum Ordinis Bibliothecis meminere viri clarissimi Lucas Wadingus, & Joannes à S. Antonio? An non omnes isti pietate simul, & doctrina commendati, Populis ædificationi fuere, & Familiam Franciscanam illustrarunt?

XVII. Ast quum Disciplinæ Theologicæ penes viros religiosos præcipuum sibi locum vendicare debeant, hinc Lectores, prælibatis quæ de Locis Theologicis Melchior Canus, de Locis Catholicis Fr. Franciscus Horantius, de Restituta Theologia Fr. Franciscus Carvajal, deque Studiis Monasticis Joannes Mabillonius eruditissimè scripsere, re , sedulam omnino impendant operam Divinis Litteris, Tradirioribus , Conciliis, præsertim Œcumenicis, Summorum Pontificum Decretis , & Sarctis Patribus , quos inter ceu Scholasticæ methodo magis accommodati eminent SS. Augustinus, Anselmus , Doctor Angelicus, & Doctor Seraphicus. Acturi verò de divina intelligentia, & præscientia, de peccato originali, de libero arbitrio, de justificatione, deque id genus aliis controversiis, præ oculis semper habeant splendidissimum Ecclesiæ lumen , & Doctorem, Augustinum, cujus doctrinam Ecclesia ipsamet consecrare visa est , dum in Concilio Tridentino plures Canones, præsertim de justificatione , de gratia, de peccato originali iisdem fermè verbis efformavit : quem Cœlestini Papæ oraculo, *nunquam sinistra suspicionis rumor aspersit* (*a*) ; deque eodem loquens Gelasius , ajebat: *De arbitrio tamen libero , & gratia Dei quid Romana, hoc est , Catholica sequatur , & servet Ecclesia , in variis libris B. Augustini , & maximè ad Prosperum , & Hilarium potest cognosci* (*b*). Hæc utique est doctrina, quam ambabus ulnis amplexati sunt S. Bonaventura , Alexander de Ales, Scotus, Gaspar Sasgerus, Christophorus à Capite Fontium, Cardinalis de Lauræa, Franciscus Macedo, Andræas de Bega, aliique ex Majoribus nostris magni nominis Scriptores , qui à vestigiis S. Augustini ne lato quidem ungue declinarunt : mirum proindè haud fuerit, si Majorum nostrorum edocti exemplo, in prælaudatis maximè versandis Quæstionibus Augustinum ceu ducem tutissimum omnino sequendum indicimus. Sed nec in aliis Theologicis controversiis pertractandis desunt ex Majoribus nostris, quos sequamur, Antesignani : Sacræ scilicet Scripturæ arcana duplici in omnes libros sacros Commentatio, litterali, & morali illustravit Nicolaus de Lyra : Canonicos Libros luculenta explanatione adornavit Joannes de la Haye, additis Tractatibus de ponderibus , mensuris , monetis , aliisque omnium eruditioni ac

in-

(*a*) Epist. ad Galliarum Episcop. (*b*) Epist. ad Possessorem.

intelligentiæ accommodatis : pluribus adversus hæreses conscriptis Libris brevi, facili, gravi, acutissima metho-do hæreticos profligavit Alphonsus à Castro : Lutherum, aliosque Acatholicos insectatus est, oppugnavitque diser-tissimè Gaspar Sasgerus. Quid desiderandum reliquit in Theomarchia de recta in Deum fide Franciscus Fevarden-tius; aut in Catholicis ad Christianam Theologiam Insti-tutionibus Clemens Monellanus; aut in Mystica Theolo-gia devotissimus S. Bonaventura; & mirabilis pœnitentiæ, & altissimæ contemplationis exemplar S. Petrus de Alcan-tara? Quæ quum ita sint, eccur quos Minoriticum Or-dinem sanctitate, doctrina , eruditione illustrasse meritò gloriamur , eosdem ceu duces, & magistros inoffenso pe-de sequendos ad unguem non imitabimur?

XVIII. Ut autem ex tot Majorum nostrorum Operi-bus in lucem editis fructus aliquis in nobis utilitasque re-dundet; necesse omnino est, ut in iisdem evolvendis , & studium diligens, & tempus opportunum insumatur. Lec-tores proinde monemus, ut omni cura ac sollicitudine suo officio incumbant; studentes suæ disciplinæ commis-sos attentè, & pro viribus instruant; singulis diebus ex præscripto nostrarum Legum designatis omnino legant, consuetas disputationes; seu privatas, seu publicas nullo modo omittant, nullatenus quoque à lectionibus vacent, nisi ab iis quas præfert Elenchus; ne vel inviti cogamur pro officii nostri debito suspensione, aut privatione offi-ciorum in eos animadvertere. Similiter ut Lectorum sol-licitudo suum finem, ut optamus, consequatur , studen-tibus concedendum est tempus necessarium, & opportu-num, ut suo munere fungantur, & studiis sedulam dent operam; hunc in finem cura Superiorum Localium erit præcipua, & vigilantia assidua, rarò studentibus, nec nisi necessitate cogente, permittere exitum è Conventu prop-ter Missas in aliis Ecclesiis celebrandas, aut propter alium finem, multoque magis invigilabunt iidem Superiores, ne frequentes illis exitus è Conventu permittant, ob solam ipsorum petitionem; vix enim exinde fructum aliquem

sciri

studiorum suorum sperare fas esset.

XIX. Tandem quod in hanc rem maximè urget, nostramque pastoralem sollicitudinem, quanta quanta est, exposcit, pars est illa Theologiæ, quæ ad dirigendos mores pertinet, & Moralis appellatur, ceu quæ, si unquam aliàs, hisce præsertim temporibus deturpatur undique, laxioribusque opinionibus ad nauseam usque impetitur. Summus Pontifex Alexander hujus nominis Septimus tot laxas propositiones in rebus morum proscripturus, infectam radicem evellere conatus est, proindeque *damnat etiam summam illam luxuriantium ingeniorum licentiam in dies magis excrescentem, per quam in rebus ad conscientiam pertinentibus modus opinandi irrepsit alienus omninò ab Evangelica simplicitate, SS. Patrum doctrina; & quem si pro recta regula fideles in praxi sequerentur, ingens eruptura esset christiana vita corruptela (a)* & meritò prorsus; iste namque opinandi modus tot, & tantis malis viam aperit, *ut complures opiniones christianæ vitæ relaxativas & animarum perniciem inferentes (b)* originem inde suam trahere neminem lateat. Firmato scilicet super malesanam hanc versatilemque opinandi methodum principio, quo legi dominetur, præferaturque possessio libertatis, quid non enascitur absurdi? Prodeunt inde legum naturalis, divinæ, & humanæ violatio; impunè grassantur opiniones omnes, quæ viam sternunt exorbitantiæ à legibus Ecclesiasticis & civilibus, elusioni Canonum in sacris Conciliis conditorum: superædificatur super idem infelix fundamentum christianarum virtutum contemptus, nostrarum in Deum & in homines obligationum transgressio; vivendi genus moribus sæculi accommodatum; jejuniorum violatio permissis nulla cogente necessitate sorbitiunculis magis delicatis, &, quod magis refert, nutritioni plurimum conferentibus: deploranda prorsus oblivio, neglectusque ferè intolerabilis earum mortificationum, quarum in Evangelio (quod velimus, nolimus, unica est æternumque permanmanman-

d

(a) In Decret. ann. 1666. (b) Ibidem.

mansura omnium nostrarum actionum regula) & mentio frequens est , & necessitas sub periculo amittendæ salutis æternæ omnibus indiscriminatim inculcatur. Ejusdem denique malæ arboris pessimi fructus sunt tot grassantia Regicidii ac Tirannicidii deliramenta; tam spatiosus vindicandarum privata auctoritate ac medio quovis execrabiliori injurIarum campus; verbo, omnium congeries opinionum , quæ viris vel tantillum cordatis stomachum creant, probabilismum ceu parrem suspicit , adeo nimirum ut rem acu attigisse dixerimus doctissimum Mabillonium , dum in hæc verba erupit: *Postquam Neotericorum plurimi sibi campum vendicarunt de humanis actibus & peccatis disserendi, inconsultis sacris Ecclesiæ Canonibus , eo devenit Moralium opinionum relaxatio , ut nullum pene ex criminibus censeatur , quin aliquo indulgenti colore calamistretur (a).* Ab hoc equidem tam laxo pravoque opinandi modo mirum quantum abhorruerint Majores nostri doctrina & sanctitate celebriores , Sancti nempe Antonius Patavinus, Bonaventura , Bernardinus; Beati Angelus , & Pacificus; Cardinalis de Laurxa , Alensis , Scotus , Astensis , Joannes Baptista Trovamala , Philippus Faber, Franciscus Henno , Bartholomæus Durand. Modum huncce non adoptavit Antonius Corduba , qui Probabilismum ab ipsis Incunabulis eradicare sategit; non adoptavit denique, ne in Immensum excrescat cathalogus , Syrus Placentinus, qui Probabilismum ab hominum memoria eliminare pro viribus conatus est. Hunc Prædecessores nostri totis lacertis insectati sunt, quos inter Rmus. Petrus Marinus Sormanus Mediolanensis in sua ad Missionarios celeberrima Instructione ita decretorie loquutus est : *Quia Nos non latet quamplurima absurda ex nimia opinandi , sub privilegiorum prætextu , ac operandi licentia quotidie oriri posse , quæ scandala & relaxationes suscitare valent , omnibus nostri Ordinis Missionariis , ac aliis sub nostra directione seu obedientia degentibus personis in Domino suademus & mandamus,*

ut

_____

(a) De Stud. Monast. p. 1. cap. 16.

ut doctrinas tutiores & probabiliores semper doceant & amplectantur (a). His autem cæterisque hac de re Sormani decretis Innocentius XI. approbationem suam, confirmationem, & inviolabilis Apostolicæ firmitatis robur adjecit (b). Eadem omnino mens stetit Patribus in Capitulo Generali Mantuano congregatis anno 1762. qui confirmatis præcedentium Generalium Capitulorum hac de re Constitutionibus, mandarunt & præceperunt *Sacræ.Theologia Lectoribus aliisque omnibus quatenus doctrinas tutiores & probabiliores semper doceant & amplectantur* (c). Quod Mantuanum Statutum ad enixas preces Patrum Discretorii Generalis in nuperrimo Valentino Capitulo, transgessoribus privatione officiorum mulctatis confirmatum est, his verbis: *Definitorium Generale conformatur propositioni Patrum Discretorii Generalis, præcipiendo quod ad unguem observentur Decreta tum Capituli Generalis Mantuani, tum præsens Decretum, injungendo omnibus Superioribus sive Familiæ, sive Provinciarum, sive Conventuum, ut attentè invigilent pro observantia eorundem Decretorum, applicando irremissibiliter pœnas privationis officii Lectoribus, Concionatoribus & Confessariis, quos contravenire repererint, & alias graviores, si contumaces se exhibuerint* (d). Non itaque novitatis invehendæ causa ducti, sed Majorum nostrorum doctrinæ, Decretis Prædecessorum, ac Generalium Capitulorum Statutis inhærentes, absolutè præcipimus omnibus & singulis curæ ac jurisdictioni nostræ subjectis, ut doctrinas tutiores & probabiliores semper doceant & amplectantur. Quos autem promptè & ad unguem nostris hisce præceptis non paruisse noverimus, pœnis supradictis absque ulla spe veniæ in eos animadvertemus.

XX. Ad hæc, animo recolentes quanti momenti negotium sit Sacramenti Pœnitentiæ administratio, quanta scientia, prudentia, pietasque necessaria ei sit, *qui artem artium*, ut loquuntur SS. Patres, hoc est animarum re-

d 2   gl-

(a) Encyclica ad Mission. Indiar. Occident. (b) Brev. *Ecclesiæ Catholicæ* die 16. Octobris 1686. (c) Sess. 15. (d) Sess. 15. Fam. Cism.

gimen suscipientes, Dei vices agunt in terris, ejus nomine judicium exercent in animas, quas vel dimittendo peccata solvere debent, vel ea retinendo ligare, Superiorum Provincialium conscientiam oneramus, iisdemque injungimus, ut hujus ministerii exercendi facultatem non faciant iis, quibus dotes desunt propriæ Judicis, Doctoris, & Medici, cujusmodi sit oportet Confessarius; excludantque omnino ab audiendis confessionibus, quos vitæ probitas, christianæ pietas religionis non commendat, aut manifestus in sextum Decalogi præceptum infamat reatus. Neque ante hujusce muneris obeundi copiam alicui faciant; quam examen ad apices juris efformatum subierit, atque saniori se esse morali doctrina satis imbutum ostenderit. Qua de re Examinatores (quos doctrina & zelo Dei probatissimos institui peroptamus in unaquaque Provincia) hortamur, ut omni solertia expiscari curent, quam doctrinam ebiberint & sequantur : an *Canones Pœnitentiales* calleant, &. spiritum ipsorum sicuti & usum, quem modo obtinent : an in propositionibus per Summos Pontifices proscriptis versati adeo sint, ut pro data opportunitate alteram ab altera, bonum à malo, verum à falso discernere queant; ac diligenti instituto examine nullo modo ad excipiendas confessiones admittant eos, quos aut scientiæ sufficientis defectu, aut Probabilismo laborare cognoverint. Meminisse enim debent Ministri ac Examinatores rationis strictissimæ, quæ pro animabus pretiosissimo sanguine Jesu Christi redemptis, & Confessariorum inscitia salubri æternæ vitæ pabulo non refectis ipsos Deo reddenda manebit; si alicujus aut Ignorantiæ, aut alterius dotis defectus conscii, nimia propensione, exiguitate animi, aliove affectu ducti, indulgentiam justitiæ præponderare permiserint. Sanè, quum Moralis Theologiæ scopus sit; humanos actus dirigere, hominesque rectam salutis viam edocere, nec possint viam hanc, si ipsos latet, cæteris ostendere Directores & Confessarii, stultitiæ vix & nullo modo ferendæ est eorum opinio, qui munus excipiendarum Confessionum, & Theologiæ Moralis

stu-

studium committendum illis adserunt; quibus satis aptum
ad alias scientias addiscendas non suppetit ingenium. Sed
& ad Confessarios adprobatos protrahenda est Ministrorum Provincialium vigilantia; nempe hi quoque tempore Visitationum ad examen revocandi sunt , omnique diligentia investigandum: an cognitiones ad ministerium tam
sublime & arduum exercendum necessarias teneant, an
sint in hujusmodi studio assidui , ac proficiendi in eo solliciti: & si quem inhabilem invenerint , à studiis frequen-
tandis alienum , aut alicujus criminis reum, hunc ab audiendis confessionibus omnino suspendere debent: quemadmodum & arcere ab audiendis in Ecclesia mulierum confessionibus Juvenes Confessarios , prudentia quemque edo-
cente , ministerium istud viris dumtaxat gravibus ac ma-
turæ ætatis esse committendum. Ipsos demum Confessarios
hortamur , ut quodnam officium exerceant , & cujus judicis vices gerant , serio cogitantes , absolutionem imper-
tiantur iis quidem, quos suorum pœnitet peccatorum, quos-
que sinceræ cum Deo reconciliationis , & anteactæ vitæ
emendationis signa haud ambigua præseferre prudenter ju-
dicaverint : illis verò , qui debitis dispositionibus caren-
tes , nullamque aut satis dubiam emendationis spem facien-
tes[1], Sacramento Pœnitentiæ illusuri potius sunt, quam ipsius beneficium & fructum consecuturi , denegent absolutionem , seriòque sui periculi monitos omnino dimittant.
Ut autem magis magisque proficiant in exercitio istius
ministerii , cessent nunquam Confessarii à legendis sanioris
doctrinæ libris, quos inter , præmissa Canonicorum Li-
brorum , præsertim Epistolarum Apostoli Pauli lectione,
præcipuum locum tenere meritò poterunt Summa Doctoris Angelici; libri S. Bonaventuræ, quorum titulus : *Sermo-
nes de decem præceptis: Confessionale: De pugna spirituali
contra septem vitia capitalia*, aliaque ejusdem Seraphici Doctoris Opera Mystica, uti & reliquæ Summæ quorum supra meminimus: è contrario mittant omnino nuncium
Auctoribus omnibus, qui proprias speculationes vendita-
turi , morum disciplinam sophismatibus suis & cavillis in-

fer-

fercire potius, quam sanis explicationibus donare, aut per vera principia tradere studuerunt.

XXI.   Apostolicum quoque Prædicationis munus, quod suo exemplo consecrare dignatus est Christus Dominus, *Prædicans Evangelium regni Dei (a)* ac suis discipulis commisit dicens: *Euntes in mundum universum prædicate Evangelium omni creaturæ (b).* Religiosis dumtaxat concredendum est, pietate, doctrina, morum honestate, ac zelo Dei præditis, quique Ordini nostro laudi, animabus profectui futuri sunt; cæteris vero, qui scientia quavis destituti, aliena ad litteram usurpant, vel hinc & illinc colligentes, & consarcinantes, quæ dicunt ut plurimum non intelligentes, è cathedra veritatis errores forte disseminant; quique ambitionis æstu, vel (quod est auditu magis horrendum) turpis lucri gratia, huic tam pio, ac salutari exercitio incumbere avidius optant, prorsus interdicendum. Huc enimvero spectabant Patres Capituli Generalis Mantuani Decreto illo: *Ne deinceps Prædicatores instituantur, & ad Dei verbum prædicandum nonnisi illi admittantur, de quorum habilitate tam in moribus, quam in doctrina constiterit per publicum examen coram pleno Definitorio Provinciæ faciendum, vel in Congregationibus, vel in Capitulis Provincialibus, vel alia quacumque de causa collegialiter congregato (c).* Quum vero non sine ingenti animi dolore intellexerimus in aliquibus Provinciis perfunctorii tantùm examinis genus quoddam institui, illudendæ legi potius, quam observandæ accommodatum, idcircò ex debito pastoralis officii nostri, omnes, quorum interest, obtestamur, ut obligationis suæ memores, ad spiritum legis deinceps attendant; neque indignos ac ineptos in dedecus Ordinis nostri, & ingens Religiosorum omnium detrimentum admittant ad sanctæ Prædicationis ministerium; ipsimet alioqui gravissimam malorum omnium inde orituorum rationem Deo reddituri.

XXII.   Æquali sollicitudine agendum Nobis est, ut
Chris-

(a) Marc. 1. 14. (b) Marc. 16. 15. (c) Sess. 13.

Christi nomen & Evangelium apud Infideles quoque, Schismaticos & Hæreticos propagetur, Catholica fides fulgeat, illibata conservetur in fidelibus Regiones illas incolentibus, & magis ac magis ubique gentium augeatur. Quamobrem Religiosos omnes, Deo inspirante, ad opus adeo eximium, & ad salutarem adeo mysteriorum Dei dispensationem vocatos, veluti signo dato invitamus, & quantacumque possumus efficacia in Domino hortamur, ut divinæ vocationi obsequentes, pium hocce desiderium foveant ac manifestent, rem Deo pergratam, & Seraphico Patri nostro S. Francisco certissimè facturi. Etenim Beatissimus Patriarcha, Deo revelante, suæ, suorumque Filiorum pro populorum salute vocationis conscius factus, undecimo suæ conversionis anno, sanctis quinque Fratribus ad Miramolini regnum destinatis, Soldani præsentiam aditurus iter aggressus est eo consilio, ut ipse Orientis, Occidentis illi populis Evangelium Christi annunciantes universum pene orbem, Deo, qui incœperat, opus suum prosequente, ad Christum converterent. Itaque Sancti Patris exemplum imitantes humanis quibusque ac terrenis affectibus exuti, & solius fidei conservandæ dilatandæque zelo inflammati, venite, quotquot estis Filii dilectissimi, properate ad excolendam Domini vineam, *Messis enim multa, operarii autem pauci* (a), sic currite ut comprehendatis bravium vocationis vestræ, & animas pretioso Christi sanguine redemptas Christo ipsimet lucrifaciatis. Quantum in nobis est, ne quisquam privatam sui, aut Conventus utilitatem communi Sacrarum Missionum bono longè excellentiori præferens, Religiosis ad Apostolicum istiusmodi ministerium vocatis obicem aliquem vel moram opponere audeat, omnibus Superioribus & Subditis in virtute sanctæ obedientiæ præcipimus, ut omnes ad tale munus vocatos pro viribus excitent ad pium hoc desiderium adimplendum, nec illorum quemquam quovis prætextu impedire unquam, aut retardare præsumant. Ministri Provin-

(a) Luc. 10, 2.

vinclales *nullis* quidem *eundi licentiam tribuant nisi eis quos viderint esse idoneos ad mittendum* (a), hoc est, excludant, impediantque eos, quos sufficiens doctrina aut morum probitas non commendat, similiter & eos, quos virium corporearum debilitas, & exigua satis valetudo huic oneri ferendo impares reddit; ast cæteris aptis & idoneis gratiosè prorsus concedant litteras testimoniales sua & totius Definitorii, vel sua saltem & Guardiani ac Discretorum Conventus subscriptione firmatas, uti & Lectorum, sub quorum disciplina suorum studiorum cursum perfecere: & hac saltem ratione tam laudabile ac salutare Dei opus promoveant, rem Deo acceptam, Nobisque gratam facturi.

XXIII. Quæ de Lectoribus Philosophiæ & Sacræ Theologiæ cum Generalibus tum Provincialibus providè ac salubriter in Constitutionibus Ordinis, & à Rmo. Patre Prædecessore immediato sancita sunt, ad unguem omnino servari volumus, utque inviolata custodiantur ab omnibus, invigilabimus. Interim eos, quos in Concursibus Generalibus ad ferenda puncta Judices designabimus, admonemus, ut ad meritum, habilitatemque Concurrentium, & nihil præterea, unicè intenti, omnibus æqua lance libratis, eodem cum omnibus pondere utantur, justè judicent, ac Religionis decus & Juvenum profectum semper ut par est, præ oculis habeant.

XXIV. Rursus quæ mox laudatus Prædecessor noster, justi & æqui amator, exhibendique Regibus & Principibus obsequii zelator eximius, datis ad omnes Ordinis Provincias Encyclicis jussit atque decrevit quoad fraudes & furta in tributis & vectigalibus juris regii, auctores fraudum & furtorum hujusmodi, eorundemque fautores, receptatores, aut quovis modo consilium vel auxilium dantes, multiplici pœnarum ipso facto incurrendarum genere, suspensionis scilicet, privationis, carceris, exilii & expulsionis pro qualitate personarum respectivè mulctando;

ea

(a) Cap. 12. Reg.

ea omnia & singula confirmamus, &, quatenus opus sit,
innovamus. Etenim præter ingrati animi vitium, vitium,
si quod aliud, diris omnibus devovendum, quodque in
Supremos Principes committeretur, veluti qui suis in Do-
miniis clementia summa ac liberalitate pari nos acceptarunt; patrocinio fovent, eleemosinis innumeris susten-
tant, pluribusque hac ipsa de re, privilegiis & exemp-
tionibus cum regii Ipsorum Ærarii damno donarunt &
donant; his etiam quæ plurimi omnino facienda sunt,
omissis, quis pacato animo ferret, manifestam adeo ac
enormem divinæ legis transgressionem? Christus enim
Pharisæis & Herodianis id de quo agimus versutè per-
contantibus absque ulla verborum ambage, apertè respondit: *Reddite quæ sunt Cæsaris Cæsari, & quæ sunt
Dei Deo* (a); quod suo ipse exemplo confirmaturus, ut
suo & Petri nomine *didrachma* solveret, Petro *staterem*
in ore piscis, patrato miraculo, quærere jussit (b). Divinis porro magisterio, exemplo, & miraculo edocti SS.
Apostoli, Petrus præsertim & Paulus, nullum non mo-
verunt lapidem, ut Populos hujusce obligationis admo-
nerent: hinc namque S. Petrus ajebat: *Subjecti estote omni humanæ creaturæ propter Deum. Sive Regi tamquam
præcellenti, sive Ducibus...... Hæc enim est voluntas
Dei* (c): Hinc S. Paulus: *Omnis anima potestatibus subli-
mioribus subdita sit: non enim est potestas nisi à Deo,
quæ autem sunt, à Deo ordinata sunt. Itaque qui resistit
potestati, Dei ordinationi resistit. Qui autem resistunt,
ipsi sibi damnationem acquirunt.* Demum ne qua super-
esset dubitandi de mente Apostoli, vel potius verba ipsius in pravum sensum detorquendi facultas, ad quæs-
tionem, de qua agimus, definiendam propius accedens
concludit: *Reddite ergo omnibus debita; cui tributum, tributum; cui vectigal, vectigal; cui timorem, timorem; cui
honorem, honorem* (d). Si ergo *propter Deum*, *propter*

e
cons-

. (a) Matth.22. 21. (b) Matth.17. 26. (c) 1. Petr.2. 13. (d) Roman.
13. 1. & seqq.

conscientiam , tenentur Populi Mandatis Principum obe-
dire; si leges ab ipsis latas absque periculo damnatio-
nis æternæ violare nequeunt Subditi; eccur fraudis fur-
tique reos non dixerimus, qui tributa , vectigalia &
hujusmodi jura regia fraudantes, nedum Civiles sed &
Dei legem manifestè violare haud metuunt. Ignorantiæ
siquidem , aut potius malitiæ nullatenus ferendæ est eorum doctrina, qui divina omnia & humana susdeque
ferentes, ac verbis mendacibus placentia loquentes, rudibus & avaris insinuarunt olim (utinam non modo)
leges civiles in conscientia non obligare, nec tributa, vectigalia & hujusmodi directè vel indirectè fraudantes ad
restitutionem teneri. Præterquamquod enim exploratum
cuique est , leges omnes legitima auctoritate latas ab
æterna Dei lege derivare, ab eaque vim obtinere suam,
& firmitatem; textus ipsi vix laudati aperti adeo sunt,
ut rem ponant extra omnem prorsus dubitationis aleam,
ac ne in luce quidem meridiana cæcutientes genuinus illorum sensus latere queat; proindeque mirari prorsus su-
beat, cur paucis abhinc annis recentiores nonnulli in laqueum conscientiis, animabus in scandalum facti , opiniones novas , periculi plenas , vetustati inauditas, Evangelio ex diametro contrarias effutire non erubuerint. Non
ea certè sedit SS. Ecclesiæ Patribus, præsertim Augusti-
no (a) sententia; non stetit pluribus aliis cum veteribus,
tum recentioribus, quos inter, pietate , doctrina , eruditione clarissimus noster Alphonsus à Castro S. Jacobi
Compostellani Archiepiscopus, quum dixisset leges civiles
legitima potestate latas in conscientia obligare sub pœna
peccati lethalis, ac tributa, vectigalia, cæteraque hujus
generis fraudantes sub iisdem conditionibus ad restitutionem teneri, addit : *Hæc causa fuit , quæ me ad hoc opus*
scribendum impulit , ut huic errori pestifero , quem sciebam
multorum peccatorum fuisse causam, occurrerem. Timebam
enim illud Isaiæ : Va mihi , quia tacui ! Et illud leonis;
qui

─────────────────────────────

(a) Epist.96. al. 124. ad Olimpium.

qui alios ab errore non revocat, selpsum errare demons-
trat. Quis enim vir doctus, & catholicus tolerare potuis-
set tam pestiferam sententiam, quæ docet furta sine pecca-
to exerceri, & quæ furto sublata sunt, sine peccato retine-
ri (a). His omnibus accedit illud, ad Fratres Minores
quod spectat, quod vix istiusmodi delictis inquinari illi
possint absque paupertatis altissimæ violatione, proindeque in re præsenti quadret illud: *Abyssus abyssum invo-*
cat (b). Quæ quum ita sint, caveant sibi Fratres omnes
ab hisce fraudibus furtisque directè, vel indirectè com-
mittendis; alioquin absque ulla prorsus indulgentiæ spe
pœnas suprarecensitas se omnino subituros meminerint.

XXV. Demum consuetæ miserationis memores, ad
illos compassivo affectu convertimur, qui ab Ordine Apos-
tatæ, tamquam oves à grege errantes, vagi & profugi super terram, semper pavidi & timidi, conscientiæ stimu-
lis ob crimen, seu fragilitate seu malitia patratum agita-
ti, cum, vel sine habitu huc illucque extra Conventus
discurrunt, eosque paternis vocibus invitamus, & per Jesu-Christi viscera obtestamur, ut antequam in profun-
dum malorum, desperationis nempe ruant, & in bara-
thrum, reatus sui pœnas cum desertoribus Angelis lui-
turi, redeant ad cor suum, indeque ad gremium Religionis revertantur. Viam Nos illis paramus omnino fa-
cilem atque spatiosam, condonantes illis pœnas omnes,
quas ex præscripto legum ratione Apostasiæ subire de-
berent, dummodo intra spatium sex mensium à præsentium publicatione litterarum computandum Superioribus alicujus vel propriæ, vel alterius propinquioris
Provinciæ Conventus se præsentent. Hoc autem indul-
tum suffragari nolumus iis, qui in confidentiam ejusdem
Indulti post illius publicationem in gravissimum Apostasiæ crimen prolapsi fuerint; quemadmodum nec suffra-
gabitur illis, qui intra præfixum spatium, ut supra, non
revertentur; quinimmo contra omnes ceu contumaces,

vel

_____

(a) De Leg. Pœn. lib.1. cap.10. (b) Psalm.41. 8.

vel in confidentiam peccantes ad apices procedemus, poenas omnes in lege praescriptas ab ipsis exigemus. Ut autem Apostatarum contumaciam pro viribus reprimamus, injungimus omnibus Superioribus Provincialibus, & Localibus, ut sedulò invigilent, ac nullatenus Apostatas in respectivis Ipsorum jurisdictionibus impunè persistere atque vagari permittant. Praecipimus item Religiosis omnibus, qui in alienis Provinciis commorantur, ut intra spatium quindecim dierum à praesentium publicatione ad propriam Provinciam redeant; iis dumtaxat exceptis, qui legitima facultate fulti, in Conventibus *Recessus* de Familia sunt collocati, vel qui ad absolvenda studia Philosophiae, vel Theologiae in alienis Provinciis commorantur, vel actu demum Lectorum aut Concionatorum officio funguntur.

XXVI. Postremò cogitantes quantum Nobis in graviorum negotiorum, rerumque necessariarum expeditione occupatis molestiae ac distractionis creare possint Epistolae gratulatoriae, obsequii, observantiae, nullius aut vani momenti causa conscriptae, suademus omnibus, atque mandamus, ut à scribendis mittendisque hujusce generis litteris omnino abstineant: quin etiam cautos ipsos peroptamus in scribendis quoque sibi invicem litteris, nisi dum urget necessitas; ne scilicet, praeter jacturam temporis ad solius animae profectum nobis à Deo concrediti, vel paupertas laedatur, vel gratuita quandoque concessio in grave alterius damnum cedat. In Epistolis autem, quas ad Nos scribere opus erit, quaeque superfluis, & inutilibus resecatis breviores erunt, exprimatur clarè, distinctè, ac sine ullis abbreviationibus nomen, patria, cognomen, ubi ita fert consuetudo, Conventus, in quo scribens moratur, ac demum Ecclesiae ejusdem Conventus titulus. Quum verò Romam pervenerimus Patres Observantes ad Nostrum Conventum S. Mariae de Aracoeli, Patres Reformati ad Conventum S. Francisci trans Tiberim Epistolas dirigant.

XXVII. Haec sunt, Fratres mei in Domino dilectissimi,

ni , gaudium & corona mea, quæ necesse habui scribere vobis, vel etiam præcipere, ut & conscientiæ meæ, &
vestrum omnium utilitati pro viribus consulerem. Supe-
rest jam , ut eadem omnia & alta mente retineatis, &
ut par est, rite exequamini; quem proinde in finem omnibus & singulis nostrarum Provinciarum & Custodiarum Prælatis Injungimus, ut. has nostras præsentes litteras in omnibus , & singulis Conventibus ac Residentiis
legi faciant & publicari; Guardianis vero, ut in patrium
vernaculum idioma ad litteram translatas semel saltem in
anno coram tota Communitate legi curent. Cæterum *mise-*
ricordissimam Dei nostri clementiam supplices obsecrate,
ut in diebus nostris expugnet impugnantes nos, muniat fi-
dem vestram, multiplicet devotionem ac dilectionem , au-
geat pacem , meque servulum suum , quem ad ostendendas
divitias gratiæ suæ gubernaculo amplissimæ hujus Religionis *voluit præsidere, sufficientem tanto operi, & utilem*
vestræ defensioni dignetur efficere (a).

XXVIII.   Denique id, quod maxime decet, Injungimus, fieri nempe ab omnibus obsecrationes , orationes,
postulationes, & gratiarum actiones pro Summo Pontifice Clemente XIII: pro Regibus, Principibus, & pro omnibus in sublimitate positis , pro Eminentissimo Cardinali universi Ordinis nostri Protectore vigilantissimo, ac pro
illis omnibus, quibus nos & Religio nostra Patrocinii,
benevolentiæ, ac beneficii jure adstringimur, ut nimirum Deus omnes dirigat in viam salutis æternæ , super
omnes dexteram cœlestis auxilii extendat , ac omnes, quæ
Deo sunt placita, concupiscant , & tota virtute perficiant:
Vobis autem omnibus Seraphicam S. P. N. Francisci Benedictionem peramanter impertimur : *Benedicti vos à Domi-*
no, qui errantes peccatores ad Dominum reducitis , viam
veritatis illis ostenditis , & vos in sancta Evangelii ob-
servatione puros, & sinceros custoditis. Qui vobis benedi-
cit , à Deo benedicatur; qui vos fovet, aut suscipit , merce-
dem

(a) S. Leo ubi supra.

*dem recipiat sempiternam. Nullam In vobis potestatem Sa-
tan exerceat; supra id, quod potestis, non tentet. Vobis
super illum, & suos sit imperandi facultas; portas illius
possidete, & spolia diripite. Patris vos adjuvet Potentia,
Filii vos dirigat Sapientia, & Spiritus Sancti vos foveat
Clementia. Amen (a).*

*Dat. ex hoc nostro Conventu S. Francisci Matriti die
19. Augusti 1768.*

De mandato Rmi. in Christo Patris

(a) In Opuscul. S. P. Franc. Bened. 3.